中华

魂

ZHONGHUA HUN

百部爱国故事丛书

镇南关上凯歌扬

——抗法老英雄冯子材

张昭君　张　一　李永泽　编著

吉林人民出版社

图书在版编目（CIP）数据

镇南关上凯歌扬：抗法老英雄冯子材 / 张昭君，张
一，李永泽编著. -- 长春：吉林人民出版社，2011.3（2021.8 重印）
（中华魂·百部爱国故事丛书）
ISBN 978-7-206-07483-7

Ⅰ.①镇… Ⅱ.①张… ②张… ③李… Ⅲ.①故事—
中国—当代 Ⅳ.① I247.8

中国版本图书馆 CIP 数据核字 (2011) 第 031971 号

镇南关上凯歌扬
——抗法老英雄冯子材
ZHENNANGUAN SHANG KAIGE YANG
　　——KANG FA LAO YINGXIONG FENG ZICAI

编　　著:张昭君　张　一　李永泽
责任编辑:王　静　　　　封面设计:孙浩瀚
制　　作:吉林人民出版社图文设计印务中心
吉林人民出版社出版 发行(长春市人民大街7548号　邮政编码:130022)
印　　刷:北京一鑫印务有限责任公司
开　　本:787mm×1092mm　　1/16
印　　张:8　　　　字　数:64千字
标准书号:ISBN 978-7-206-07483-7
版　　次:2011年3月第1版　　印　次:2021年8月第2次印刷
定　　价:35.00元

如发现印装质量问题,影响阅读,请与出版社联系调换。

总 序

　　《中华魂》是一套故事丛书。它汇集了我国自鸦片战争以来一百八十余年间的近百位民族英雄、仁人志士、革命领袖、先进模范人物的生动感人事迹，表现了他们作为中华儿女的伟大的爱国主义精神。

　　爱国主义是人们对于"生于斯、长于斯、衣食于斯"的祖国的一种神圣感情，是人们对于自己民族的一种强烈的责任感和使命感，是感召和激励整个中华民族的一面永不褪色的旗帜。在一百多年的中国近现代史上，爱国主义一直激励着中华儿女为祖国的独立、统一、进步和繁荣而英勇奋斗。从"苟利国家生死以，岂因祸福避趋之"的林则徐，到"我自横刀向天笑，去留肝胆两昆仑"的谭嗣同;从"铁肩担道义,妙手著文章"的李大钊,到"青春换得江山壮,碧血染将天地红"的赵一曼;从"县委书记的好榜样"的焦裕禄,到"问鼎长天,扬我国威"的邓稼先……都表现出了强烈的爱国主义精神。正是由于热爱祖国的人们前仆后继地奋斗,国家和民族才得以生存,才能够在一次次历史危急关头转危为安,走向兴盛和富强,从而屹立于世界民族之林。爱国主义是鼓舞中华儿女历经忧患、跨越沧桑、百折不挠、自强不息的伟大力量,它贯穿于中华民族的整个历史,并有力地凝聚着五洲四海的中国人。

爱国主义是一个历史的范畴,在社会发展的不同阶段、不同时期有不同的具体内容。革命时期,需要我们为祖国的独立自主出生入死;建设时期,需要我们为祖国的繁荣富强增砖添瓦。在全国各族人民团结一心,开启全面建设社会主义现代化国家新征程的今天,我们要争做一名新时期的爱国者。新时期的爱国者要有强烈的民族自尊心、自豪感。民族自尊心、自豪感是任何时期、任何爱国者都必须具备的情感。民族自尊心能增强我们自立向上的恒心,民族自豪感能树立我们建设祖国的信心。要树立"祖国高于一切"的崇高信念,为了祖国和人民的利益不惜抛却个人的利益,甚至不惜牺牲个人的生命。我们要树立终身学习的理念,拓宽自己的知识面,广泛吸收新知识、新技术,完善自身的知识结构,更新学习知识的方法与理念,从思想上、知识上充分武装自己,为祖国的繁荣昌盛贡献力量。

爱国主义思想的继承和发扬,是关系到民族盛衰、国家兴亡的根本问题。爱国主义思想情操的形成,需要不断地培养。培养爱国主义精神的一个重要途径是向英雄人物和典范事迹学习和致敬。这套丛书的出版,对于青少年向英雄和先进人物学习,特别是对于在中小学生中进行爱国主义教育是不可多得的生动的教材。祝愿此书出版发行成功,为培养时代新人做出贡献。

胡维革

中华魂

百部爱国故事丛书

编 委 会

将军气涌高于山，
看我长驱出玉关。
平生蓄养敢死士，
不斩楼兰今不还！
——黄遵宪《冯将军歌》

目　录

中华**魂**百部爱国故事丛书
ZHONGHUA HUN

"轰——，轰——"，炮弹爆炸声似雷声滚滚，一群群身着白色军装、金发碧眼、身材高大的洋兵，手提洋枪，在炮火掩护下不断地向镇南关冲锋，镇南关阵地眼看就要失守。

　　"冲啊！冲啊！"一位年近70岁的老人在此紧急时刻率先冲出了镇南关，他一手持刀，一手拿盾，敌人的子弹在他面前横飞，敌人的炮弹在他脚下爆炸，他

拓展阅读
TUOZHAN YUEDU

　　冯子材（1818.7.29-1903.9.18），晚清抗法名将，字南干，号萃亭，广西钦州人。

　　冯子材自幼父母双亡，早年参加过广东天地会，1851年为江北大营名将、总兵官，随后镇压太平军。在1885年的中法战争中任广西提督，在越南、中国广西一带与法军作战，大败法军于镇南关，攻克文渊、谅山，重创法军司令尼格里，授云南提督。甲午战争间奉调驻守镇江，光绪十三年(1887)在海南岛中部五指山冯还书写"手壁南荒"巨形山壁古刻；后任过云南、贵州提督，累官至太子少保，治军四十余年，寒素如故。86岁卒于军旅，卒谥勇毅。

镇南关上凯歌扬
——抗法老英雄冯子材

面不改色，勇猛迅速地向敌群冲击，刀落处，血光一片。大炮在他面前变哑，敌人在他面前退缩，他俨如一个天神，吓得敌人魂飞魄散。

冯子材塑像

他就是抗法老英雄冯子材。

边疆危机　老将出马

镇南关就是今天我国广西省的友谊关，一个位于中国和越南边境交界处的美丽小城。在古时候，由于它是镇守中国南大门的一个重要关口，因此取名叫镇南关。

在19世纪下半期，中国不断遭受着西方帝国主义的侵略，而当时的清政府又腐败无能，因此不断打败仗。

在当时侵略中国的国家中，法国也是一个。它在占领了我们的邻国越南以后，1885年2月，法国侵略者的目光看准了中国这块肥肉。这块肥肉太大了，从哪儿下口呢？他们选择了当时防守比较薄弱的镇南关。

当时，清政府派一名叫杨玉科的将军守卫在这里，杨将军也很爱国，天天训练士兵，严阵以待。一天，杨将军正吃早饭，忽听士兵来报："报告杨将军，不好了，一群法国鬼子向我们镇南关压了过来！"杨将军吃了一惊，但很快又镇定下来。几天前他就听说法国兵要打镇南关了，当时不知是真是假，现在看来要动真格的了，怎么办？杨将军放下饭碗，立即到城楼观看形势，只见城下的法国兵白花花一片（法国鬼子穿的是白色衣服），他们正忙于做攻城准备。

杨将军命令士兵打开城门，他亲自率领广大士兵冲了出去。敌人没提防，顿时乱了套，杨将军手提大刀，在敌群里砍来砍去，广大士兵也勇敢作战。但是敌人太多了，杨将军他们寡不敌众，伤亡很大。一颗子弹飞了过来，正击中杨将军胸部，杨将军不幸身亡。敌人占领了镇南关，中国西南的门户被打开了。

镇南关今已改名友谊关

友谊关是全国重点文物保护单位，广西壮族自治区爱国主义教育基地，为祖国南疆门户，素有中国九大"名关"之美誉。关始设于西汉元鼎六年，初名雍鸡关，历称界首关、大南关，简称南关，明初改名镇南关。1953年经政务院批准更名为睦南关。1965年国务院定名为友谊关，由开国元勋陈毅元帅题写关名，罗瑞卿大将参加命名典礼。

友谊关历为兵家必争之地。1885年3月，抗法名将冯子材、苏元春率军民勇御外敌，大败法军，取得了震惊中外的"镇南关大捷"，这是中国近代史上抗击外来侵略者的唯一重大军事胜利，大快人心；1907年12月，孙中山先生领导和发动了著名的"镇南关起义"，亲临右辅山镇北炮台并亲自向清军开炮，青史留名。抗日战争期间，侵华日军曾三次占领该关，劫走"南疆重镇"，后刻横额，实属国耻。1949年12月11日，中国人民解放军第四野战军39军115师把红旗插上镇南关，遂宣告广西全境解放。

镇南关一失守，整个国家都沸腾了。老百姓焦急不安，议论纷纷，有的说："我们的国家看来要完了，这么大的国家竟被远方来的一个小国给打败了。"有的说："有一个像岳飞那样的人站出来，领我们去打仗多好啊！"朝廷里的官员更是心急如焚，到底派谁带兵能打败法国人呢？

　　就在大家拿不定主意时，一张写给皇帝的折子从广东辗转几千里，由人快马加鞭，送给当时的皇帝和慈禧太后。当时的皇帝光绪帝是个十来岁的孩子，还不十分懂事，一切由太后做主。太后看了折子，不禁心花怒放，觉得镇南关有救了。

大理古城内的西云书院，原为杨玉科府邸，后捐做书院。

原来是刚刚上任的两广总督张之洞给朝廷出了一个很好的主意。折子上写着："现在老臣保荐一个人，这个人带兵必能打退法军进攻。他，就是告老还乡的冯子材！"

张之洞像

不仅太后看了这个折子十分高兴，而且众大臣也感觉到国家的边关这次可以守住了，于是派人急忙去请冯子材，委托张之洞具体来办这件事。

冯子材是什么人物呢？他真能守住镇南关吗？

冯子材，就是前面说的那个年近70岁的老人。那时，冯子材由于看不惯朝廷的腐败和官场的黑暗，时时想报效祖国又得不到重用，但又不愿和贪官们同流合污，加上年老多病，一气之下从广西提督的位子上退了下来，回到了广东老家闲居。

一天，冯子材吃过早饭，又和往日一样带着家丁去下地劳动，虽然有点儿病，他还是坚持着去干点儿活。

张之洞（1837-1909），字孝达，号香涛、香岩，又号壹公、无竟居士，晚年自号抱冰。

张之洞是继曾国藩、李鸿章后，洋务运动的领袖人物，大力倡导"中学为体，西学为用"，为中国民族重工业、轻工业及近代军事的发展作出了开创性的贡献。

张之洞重视教育和治安，强调办学首重师范，拟"先办一大师范学堂，以为学务全局之纲领"，并委任缪荃孙负责筹建，为近代东南大学之开端。

1884年中法战争时，张之洞由山西巡抚升任两广总督，起用退休老将冯子材，在广西边境击败法军。

冯子材在路上边走边沉思，并跟他的家丁聊天，他说："你们知道吗？现在我们国家在西南边境又跟法国人打起来了。法国人来势汹汹，看来呀要吃败仗，朝廷里的大臣大都贪生怕死，你们说怎么办呢？"说罢，不由仰天长叹。众人也都沉默不语，他们都知道冯公能领兵打仗，但年事已高，心里一定十分着急。

冯子材故居

　　这一天天气十分燥热，一丝儿风也没有，冯子材领着家丁干了会儿农活，便一起到一棵大树下乘凉，谈论着他早年的经历，谈论着前线的战事。

　　"冯老伯，听说您老早年还参加过天地会，真有那么回事吗？"一个年轻的小伙子边摆弄着地上的石子边问道。

　　"是有这么一回事，那时我也就是你这么大年纪吧。家里穷，我的父母在我还没记事时就去世了，我衣食无着，常常流落街头，有时靠讨饭为生。唉！多亏一个叫李七的江湖艺人收留了我，学了点儿武艺，但还是穷，有时上顿接不上下顿，没办法儿就参加了刘八的天地会。"冯子材边说边吸着烟，眉头微皱，当

冯子材故居

冯子材故居又名"冯宫堡""宫保第",位于广西壮族自治区钦州市沙埠镇白水塘村,建于光绪元年（1875），是冯子材退居时住所，也是冯子材重组萃军开赴抗法前线的总部。

冯子材故居占地面积64 350平方米，其中建筑面积2 020平方米，包含了门楼、碑林等主体建筑，以及宗庙、塔、宇、兵工厂、马厩、鱼塘、水井、花园、果园等附属建筑，外筑围墙。建筑全部为抬梁式砖木结构，采用了"三排九"这种典型的清代南方府第建筑模式，即屋分三进，每进三栋，每栋三式，共3排9座27间。故居内分设6个展厅，展览请将坡、祭旗坛、习武场等遗址陈列以及功勋图片，依次顺序为：中华英豪、铁血南关、血肉长城、亡羊补牢、桑梓情深、百世馨香。

该故居曾为钦州市文物保护单位，自治区级文物保护单位，2001年被列入全国重点文物保护单位。是全国100个中小学生爱国主义教育基地之一。

镇南关上凯歌扬
——抗法老英雄冯子材

年的无数画面呈现在他的脑海里……

"我当年驰骋沙场杀敌立功，被朝廷任命为广西提督，与贪官污吏作斗争而又被人诬告，徐延旭这个老狐狸，打了败仗却谎报军功，圣上也糊涂，却信以为真，将他提拔为广西巡抚，我气不过，就把徐延旭如何贪生怕死，如何贪污受贿，谎报军功等事写信告诉了圣上，圣上却听信谗言，说我诬告。一气之下，我也就从广西提督职位上辞了下来。唉！倒也落个清闲。"冯子材似是自言自语又愤愤地说道。

说是清闲，大家都知道，冯子材虽然从官场上退了下来，但仍是个大忙人。天天早起练剑术、刀法，不仅自己练而且还号召年轻人也跟着练。他还不断派人到前线打听战争进展情况，朝廷的一切他也是了如指掌的。冯子材心里仍然想的是国家。

"冯公，昨天朝廷不是又任命您为什么大官了吗？

您为何还待在这里干活受累呢?"那个小伙子看来对冯子材既想报国又不想当官的想法很不理解,便追问道。

"昨天确实来了圣旨让我重新上任,领兵到前线打鬼子,我巴不得这一天到来,但孤掌难鸣,只是个空衔,无兵无枪,还受那帮糊涂官的节制,这仗该怎么打呀!难道也让我和杨玉科将军一样去白白送死吗?

拓展阅读
TUOZHAN YUEDU

杨玉科(1838—1885),清朝著名的爱国将领,字云阶,白族,兰坪营盘区沧东乡西营村人。历任先锋、守备、游击、参将、总兵等官职。同治元年(1862),参加镇压杜文秀领导的云南农民起义,因战功卓著,升至陆路提督,是清军岑毓英部的一员骁将。在中法战争中,任广东高州镇总兵升署提督的杨玉科奉命率广武军三营出镇南关抗法。他镇守谅山府属的观音桥,设伏三道,痛击法军,连战皆捷,使法军闻风丧胆。后来,清军西线主将广西巡抚潘鼎新放弃谅山,逃回镇南关内。杨玉科在关外作战,失去后援,遭敌重围,仍毫不退缩,英勇杀敌,最后中炮身亡。清廷追赠为"太子少保",谥"武愍"。

等等看吧！无兵无权的仗是没法子打的。"

大家都沉默不语，心情都十分沉重，多么盼望朝廷能给予冯子材以重用啊！这时，大家看见两个身着清朝官服的差官骑着高头大马远远地疾驰而来。大家不再说话了。

只见这两个差官行至树下，跳下马来问路。看见冯子材年长便上前作辑问道：

"请问老人家，您认识冯子材老将军吗？他的家住在什么地方？"看来这两个人并不认识冯子材，真是无巧不成书。

"噢！认识，认识。请问二位是从何处而来？找冯子材有何贵干？"冯子材反问道，想探一下这两个人的来历。

"我们是从广东张之洞总督那儿来的，有要事见冯将军。"

"冯将军现在病得很厉害，吐血睡在床上，不能见客。"冯子材想把他们打发走，因为他实在对这些官老爷不抱多少希望了，但又转念一想，应以大局为重，还是见见为好，说道："你们从西边那条路进村便可找到他家。"

冯子材则马上从东边抄近道返回家中，整理衣冠，出来接见客人。两位差官一看，恍然大悟，哈哈大笑地说："国家有难，朝廷起用老将军，张之洞总督派下官来迎接大人。"

冯子材当时心里十分犹豫，杀敌报国，机会难得；无兵无权，壮志难酬。他说：

"我很盼望能到前线痛痛快快地杀鬼子，保家卫

冯子材故居

镇南关上凯歌扬
——抗法老英雄冯子材

国，但我现在要兵无兵，要权没权，这怎么能行呢？你们先回去吧！就说如果给我兵给我权我就一定上战场。"

两个差官没办法，只得回去向张之洞汇报。来客是被打发走了，但冯子材仍念念不忘为国出力、保卫祖国的职责，他面色沉郁，闷闷不乐，在屋内踱来踱去。

"或许不接见他们就好了。"看见夫人走进屋来，他忧心忡忡地说。

"常言道：天下兴亡，匹夫有责。像你这样顶天立地的大丈夫怎么可以这样考虑呢？除了你，现在谁能带兵打胜仗呢？还是辛苦一次吧！"夫人好心劝慰。

"我不是苟且偷生的那种人，就是徐延旭那帮老家伙没有骨气，军队一塌糊涂，如今也只好拼了这条老命，战死在沙场上了。"

冯子材如今决心已定，只要朝廷给他军队和兵权，马上就会奔赴前线，杀敌报国。

冯子材墓

冯子材之墓，位于钦州市钦南区往合浦旧公路13公里沙埠镇泥桥村东北100米的小山丘上。该墓有四个组成部分：一为碑亭。该亭建于清光绪三十三年（1907），亭内竖立冯子材神道碑，碑高两米多。碑文是："大清诰禄大夫建威将军太子少保尚书衔贵州提督世袭轻车都尉加一云骑尉冯勇毅公神道"。碑文四周刻有九龙戏珠衬以暗八仙图案，碑座为石制"赑首龟趺"。原亭早年坍塌，1981年，自治区文物处拨款重建。二为墓前300米处的"敕建"牌坊。牌坊为三间四柱，高5米，宽6.5米，由花岗石雕琢组成，今无存。三为牌坊西侧的六角亭。亭内立有林绳武撰《冯勇毅公神道碑》，叙冯子材生平及镇南关大捷事，今无存。四为主墓。主墓座北向南，占地约1 200平方米，墓碑设抱框，框顶为长2米、宽50厘米的大理石圆柱式屋檐状，碑前

有一对精盘龙石柱。

　　墓前三级拜台十分宽阔（共24平方米），左右分列文仁、武将及狮、虎、马等石雕各一对。拜台前横列狮头石柱八条，四长四短，皆刻有对联。长联为：秉钺佐中兴赐谥建祠功媲凌烟光国史，捧珠绵后福相形卜兆秀迎那雾峙朝峰。短联为：万里干城一方砥柱 寸心金石百世馨香。

冯子材墓前有碑刻、石人、石马、石牌坊，规模宏大。

越南18世纪末已经遭到法国的侵略。19世纪60年代初，法国进攻南圻，迫使越王缔结既赔款又割地的《法越条约》。19世纪70年代法国又把矛头指向北圻。他们的企图是想打开通向中国西南地区——云南的大门。

由于存在这样的目的，光绪七—八年间（1881—1882），法国军队大肆的向越南北部推进。清廷的一些大臣也看出了法国此举的用心，主张对法国一战。其中：恭亲王奕䜣、翁同龢、两江左宗棠、两广张树声、时任山西（后升两广）总督的张之洞、驻法公使曾纪泽等等提出"固守边界"的主张。认为对法国侵略越南"断无坐视之理"。

就在前方战事摩擦不断的时候，法国方面，一边积极准备扩大战事，一面要求清政府谈判。因当权派倾向让步妥协，故即刻委派李鸿章为代表，先是光绪八年和法国公使在天津谈判。中方承诺撤退中越边境的清朝驻军，听任法军占领越南北部。法国茹费理政府并不满足清政府的让步，下令法军继续进攻越南北部，同时更换原驻日公使脱利古任驻华公使，光绪九年五月，在上海再次谈判。然而清政府对这一出尔反尔的举动没任何准备。

由于光绪帝的坚决不妥协，天津谈判破裂。九月间，脱利古宣布终止谈判，表示法军要将进驻越南的清朝军队赶走，中越的军事冲突升级。光绪帝的主战立场明确，对时局产生了比较重大的影响。

因光绪十年，是慈禧重新调整军机处及部院大臣和满洲贵族集团内部争夺最高权力斗争的关键时刻，为了防止战争打乱了她的计划，所以越战之初，慈禧就主张讲和。企望以牺牲黑旗军为条件，结束中法军事冲突。作为慈禧政策的执行者，李鸿章的指导思想是："战则敌兵或更舍越而先图我"，"陈师远出，而反戈内向，顾彼失此，兵连祸结，防不胜防"。因此，才有《中法简明条款》的产生。

光绪十年七月初二，正是法国舰队攻打马

尾军港的前一天，光绪得到法军在福建沿海军事挑衅的情报后，做出指示："上（光绪）意已决定主战，若不赔款即撤兵，可讲（和），否则令（向）关外（镇南关）进兵。"

由于此时，主战派占有优势，清廷于七月初六（8月26日）下诏宣布对法作战。次日发谕：

越南乃我大清封贡之国，二百余年载在典册，中外闲知。法人狡焉思逞，肆意鲸吞。……先启兵端……衅自彼开。各路统兵大臣及各该督抚，整军经武，备御有年，沿海各口如有法军兵船驶入，著即督率防军合力攻击，悉数驱除。其陆军各军友应行进兵之处，亦即著赶速前进。

尽管在此前，中法已经在越南开战，因为清政府的正式下诏对法宣战，对前线的将士是莫大鼓舞。所以当海陆战全面接仗后，捷报频传。

陆战方面，镇南关、谅山、临洮战役均重伤法军，收复大片失地，取得了重大的胜利。

中国的九大名关

居庸关：位于北京昌平区西北部，旧称军都关，控军都山隘道中枢，形式险要。

山海关：在河北省秦皇岛市，是万里长城的起点，自古为交通要冲。有天下第一关之称。

紫荆关：在河北易县境内的紫荆山上，是河北平原进入太行山的隘口之一。

娘子关：地处山西平定县东部，建于唐代，因平阳公主曾率娘子军驻此而得名。

平型关：在山西省繁峙县东北边界，毗邻灵丘县，是长城重要关口之一，也是晋北交通要冲。

雁门关：在山西省代县北部，处于易守难攻之地。

嘉峪关：位于甘肃省嘉峪关市西部，是长城西部起点的第一关。

武胜关：地处河南信阳县南部，为大别山隘口之一。

友谊关：原名镇南关，又称大南关，界首关，在广西平祥市西南，是中国通往越南的交通要道之一。

招兵买马　积极备战

　　且说那两个差官走后没几天，张之洞又来文让冯子材督办钦州、廉州两州团练。冯子材心想：团练是地主们组织的自卫性组织，根本不可能到前线进行大的战争，所以他坚决回绝了张之洞。

　　张之洞一看冯子材没有答应他的要求，心里着急了，又来文催他说："冯将军，你先办团练，一有机会就叫你到越南去。"冯子材现在才满意了，他兴冲冲地办起钦廉团练来。

　　在成立团练那天，杀猪宰牛，仪式隆重，冯子材号召说："乡亲们，法国鬼子快打来了，不愿当亡国奴

友谊关碑记

镇南关上凯歌扬
——抗法老英雄冯子材

镇南关大战前，清政府在凭祥设立招兵站。母亲送儿、妻子送夫到站报名参军。在没有招兵站的地方，青壮年也三五成群相约投军。当时参军的人数难以具体统计，但从军队扩充的情况可以看出，萃军在钦州出发时只有十个营，但到了镇南关已经募足了十八个营。其他各军在关外已经溃散，但回到关后，不过半个月就能重整军威，补足人数。

此外，许多百姓还自动拿起刀枪参加战斗，远在凭祥的百姓听到枪炮声，马上扎起腰带，拿起大刀长矛，跑到镇南关前参战，四处跟随军队冲锋陷阵。战后冯子材下令搜山时，群众蜂拥而上，翻山越岭，搜索密林，巡捕法军。

的人就来参加团练。"大家争先恐后报名，几天时间，浩浩荡荡的团练队伍形成了。大家苦练杀敌本领，时刻准备奔赴前线，报效祖国。

这时越南前线不断告急，清军几个提督相继被打败了。张之洞再次上书，要求朝廷给冯子材以重兵，朝廷答应了他的要求。于是张之洞便给冯子材拍电报，让他成立萃军。

所谓萃军，是因为冯子材字萃亭，其中有这么个"萃"字，也有人干脆称之为冯军。冯军、萃军都指的是冯子材的军队。

成立军队需要钱啊，于是冯子材又给张之洞去电报说："我打算招募9 000名士兵，这需要军费白银至少300万两。"张之洞答应了他，立即派军舰将300万两白银从广州经水路运到北海，然后由陆地运到钦州供冯子材使用，并派了自己的两个部下做冯子材的帮手。

冯子材虽然有了钱，可以招募军队，但仍无职权，他对张之洞的两个部下说："现在我有兵无权，便要受别人节制，这样就可能会打败仗。只有给我实权，至少要做个帮办，这样才可能有权杀一批贪官，振奋军心。最后才可能旗开得胜，马到成功。"

光绪通宝

这两个部下把这些话转告给了张之洞，张之洞又告诉了皇帝。不久，皇帝的命令到来，赐给冯子材龙头大刀一把，凡是三品以下的文官、二品以下的武官，他都有权先斩后奏，并且任命他帮办广西军务，也就是说他是广西的最高军事长官。

光绪帝像

冯子材现在有权有钱，便开始四处招兵买马，准备成立军队了。

冯子材下令树旗招兵，在四处贴告示说："国家有难，应募者速来。"并委派他的4个亲信冯绍珠、冯兆俭、梁振基、董万成成立招兵委员会，又委任18个营官到钦州附近的久隆、大寺、小董等地招兵。

当时应募的人很多，都愿意跟着冯子材去当兵。因为冯子材在当时钦州一带名声大、威望高，钦州人听说他去抗法，个个喜上眉梢。年轻小伙子摩拳擦掌，认为扬眉吐气的日子到来了，决心跟着冯将军好好杀鬼子。再加上当时钦州一带年成不好，老百姓没有活路，因而他们更觉得当兵是个好差事，既可以利国利民，又为自己找了个活路。

应募的人不仅多，而且素质也很好。他们多是钦州一带习武出身的子弟，懂得拳术，会舞刀弄棒，都是一些好手。

冯子材对这些新入伍的士兵十分关心体贴。士兵入伍的第一天，就发给他们一个月的军饷——3两6钱银子作为安家费。并且做思想动员，鼓舞士气说："现在国家有难，大家要同心协力，杀敌立功，为国出力，将来定有前途。万丈高楼从地起，我过去也是当兵出身的。"士兵们听了十分高兴，士气得到了鼓舞。

冯子材墓前的石马

军队虽然招募起来了，但武器却不够。冯子材想了又想，决定自己设计制造武器。他们把木头制成炮筒，里面装上火药，这便成了"大炮"。

他们还发明了一种叫"麻油瓶"的武器。这种武器一开始叫做"先锋煲（音bao）"，用布包火药，杀伤力不大，他们便改用陶器瓶做外壳，瓶内装火药，瓶嘴接引线，瓶耳系带，这便成了"麻油瓶"，携带十分方便。使用时，点燃引线，扔出去，轰隆一响，烟雾四起，对面看不见人，这样便可乘机冲过去用大刀展开肉搏。

由于时间紧迫，冯子材的军队一面忙于训练，一面赶造武器，同时，由于交通不发达，还得提前向前线进军。

冯子材的军队一路上纪律严明，秋毫无犯，深得群众拥护。冯军队伍浩浩荡荡，前后相距很长，但却井然有序，充分显示出将帅的组织才能和士兵的训练有素。沿途的百姓见了，无不翘指称赞，都夸冯将军治军有方。

冯子材的军队开到边关时，据说有一个管带（相当于今天营长），带兵住在大弯岭上。有一天晚上，伸手不见五指，风大雨急，又湿又冷。士兵们抱怨不已，于是管带体贴士情，为兵着想，带兵进附近的村子住了一宿。当时的老百姓都怕官兵，整个村子的人都跑光了。冯子材听说后，便让人把管带叫来，对他说："你是个好官，爱兵如子，但却犯了军令，不重罚你，就不能维持军纪，安定民心。"冯子材所谓的"军令"，是在队伍开拔之前，就明确宣布——不准骚扰百姓，要宿营于村外。那个管带虽出于对士兵的爱护，冯子材却仍然把他杀了，冯子材忍痛割爱，杀了一员好管带，他是为了严明军纪，打个大胜仗啊。

冯子材的军队纪律是十分严明的，当时的一张安民告示，这样说：

"各路大军，露营住宿，禁入民村，禁住民房。全体官兵，严禁夜出。白天入街，须持手令。如违令者，军法不赦，一律严处，斩首示众。"严明的军纪，是作战胜利的保障。更重要的是，大敌当前，它安定了军心、民心，使全军上下、边关百姓，增强了作战必胜的信心和勇气。

冯子材不仅善于鼓舞士气、稳定军心，而且特别

重视团结各军，团结老百姓。当时，前方军队很多，带兵的将官们职位都与冯子材差不多或比他稍高一些，该怎样进行互相团结、共同战斗呢？

冯子材见到当时各军各自为战，内部不和的情形，就召集各军将领开会。会上，冯子材异常严肃地说："过去，我们心怀各异，已经使事情坏到这样的地步。

镇南关大捷中使用过的火炮

法国人已经占领了我们的镇南关。大家要以国事为重，同心协力。国事就是家事，法兵不退，无国就是无家，我们只有团结起来，才能够打败法国人，捍卫大清的尊严。"

大家看到冯子材诚恳认真的态度，句句在理，很受感动，决心同心协力齐杀敌。在这次会上，公推冯子材为前线总指挥。

冯子材的军队刚开到龙州不久时，广西提督苏元春从关外败回龙州，冯子材正色问他："子熙（苏元春的字），领兵大臣私自败进关来，你向朝廷奏报了吗？"苏元春内心惭愧，半膝下跪行礼说："请老前辈见谅。"

过了一天，苏元春持门生帖来拜，冯子材说："你是当今提督大臣，哪里敢当。只希望咱们二人能齐心合力，杀敌报国，我心里也就十分满意了。"苏元春见冯子材不计小过，以大局为重，对他心悦诚服。

苏元春像

镇南关上凯歌扬
——抗法老英雄冯子材

拓展阅读

TUOZHAN

YUEDU

苏元春（1844－1908），字子熙，广西蒙山人。1844年2月8日生于蒙山镇城北街，1908年病逝于乌鲁木齐市，终年64岁。团练出身，1863年，他19岁时，随胞兄苏元章投湘军统领席宝田部。1867年，席宝田告休，因打仗忠勇，苏元春接统中军。1869年升任总兵。1884年中法战争时，由广西巡抚潘鼎新推荐，任广西提督。

1884年，中法战争爆发，苏元春率毅新军驻越南之谷松。随冯子材部在镇南关大败法军，取得了震惊中外的"镇南关大捷"，取得中法战争的胜利。授轻车都尉，加太子少保，时年45岁。

1904年以治军不严被劾，充军新疆，宣统改元以后，才获平反，诏复原官。

将领们之间逐渐取得了和谐，士兵们对冯子材也更加爱戴。当时，关外各军打了败仗，逃回的散兵很多，都要求参军，但因名额所限，不能全收，于是冯

子材想出了一个招收办法：要杀一个法国兵才能被录用，并发给奖金银子50两；杀两个法国兵便可给一个什长的小职位。

一时间散兵游勇、草莽英雄都想办法杀鬼子兵。白天两三个人结伙去偷袭，晚上去摸哨兵，搞得敌人心惊肉跳，惶惶不可终日，而冯子材的军队则声威日壮。

现在的清军，可以说上下一条心，精诚团结，斗志高昂。

看到清军的高昂斗志，法国兵也是心有余悸的。占领了镇南关的敌人，看到冯子材大兵到来，害怕寡不敌众，炸毁了镇南关，退驻关外30里处的文渊城。

排兵布阵　严军以待

　　1884年大年三十的晚上，镇南关北城门大开，挂着彩灯彩旗，老百姓家里也张灯结彩，喜气洋洋，洋溢着节日的气氛。

　　大敌当前，老百姓为啥这么高兴呢？

　　原来，今天晚上大家盼望已久的大将军冯子材要亲自带兵入关，进驻镇南关了，百姓认为只要冯子材在，法国鬼子就别想在中国逞强。这不，冯子材一出兵，鬼子就吓跑了嘛！

　　掌灯时，冯子材的队伍在夜色茫茫中开进了城中。

今日友谊关

老百姓夹道欢迎，都想看一看冯子材这位大名鼎鼎的人物。

冯子材过来了。只见他身穿马褂，头包黑色绉纱，后飘两条丝带，脚穿黑色短靴，身材并不高大，但显得精明强干，威风凛凛。他骑着一匹枣红马走在前头，后面是几十名亲兵。

老百姓看着都肃然起敬，70岁的老人上战场又能打胜仗，了不起啊！

再看冯子材的军队，士兵一个个精神抖擞，昂首挺胸，阔步向前，信心十足。人虽然很多，但排列整齐，没有人说话，两人一排，井然有序。真是兵猛将勇啊，同以前的败阵之兵大不相同。

冯子材的部队进驻镇南关后，冯子材并没有因敌人撤走而沾沾自喜，也没有因进驻镇南关而大张旗鼓

今日的友谊关口岸

地进行庆祝。冯子
材想：现在是最关
键的时候，敌人撤
退的目的是为了更
大规模的进攻；广
大士兵也千万不要
放松警惕，要积极
准备打退敌人的进
攻。

冯子材在镇南关大捷中的素服佩剑图

就在进城的当
天晚上，冯子材安
顿好士兵让他们休
息以后，就马上召开了前线各军将领紧急会议。

在会议上，冯子材说："大家可以看到，当地的父
老乡亲对我们夹道欢迎，对我们寄予了很大希望，我
们不要辜负了他们的一片赤诚厚望之心。"大家点头称
是。

冯子材继续说："现在，我们占了关，一部分士兵
滋长了骄傲轻敌的情绪，我想在座的各位之中肯定也
有人以为会万事大吉的。这种思想是要不得的，敌人
会白白地把到手的肥肉让出去吗？不会，他们的目的
很明显，他们妄图等待援兵，集聚力量，一举消灭我

们。"有的将领听了冯子材的讲话附和称是；有的将领因为原来有骄傲情绪现在变得脸红了，低下了头。但大家都感到了情况的严重性。

"今天召集大家的主要目的，是让大家谈谈自己的打算，我们的仗到底怎样打才能取胜？请畅所欲言吧!"冯子材号召说。

冯子材的部下及各级将领各抒己见，献计献策，会场气氛很是活跃。

"我们的武器差，主要是大刀长矛，还不很凑手，而敌人的洋枪洋炮很厉害，我们应避敌之长，攻敌之短。"一个将领说道。

"对! 我们应以己之长，攻敌之短。可怎么个具体办法才行呢?"另一个将领进一步问道。

"有了"，一个年轻将领好像得到了宝贝，兴高采烈地说:"敌人的洋枪洋炮，只能远距离作战，而我们

镇南关上凯歌扬
——抗法老英雄冯子材

镇南关大战中的苏元春与手下官兵

冯子材在中法战争中使用过的宝剑

的大刀长矛，则只能近距离作战。以己之长，攻敌之短，我们就要靠近他们，展开肉搏，我们又大都会武功，肯定能打胜仗。"说完，拔出腰刀，他做了个砍鬼子姿势，大家都笑了。

献计出谋的人很多。有的说我们要以逸待劳，设下埋伏，来个瓮中捉鳖。有的说，趁晚上夜深人静，来个突然袭击也不是不可以。

冯子材认真听取了大家的意见，最后总结说："我们武器差，敌人的炮火厉害，打硬仗就像用鸡蛋碰石头，拿肉体做炮灰。我们要巧胜敌人，以奇取胜。近距离肉搏战、埋伏战、奇袭战等等都是很好的办法。大家好好准备吧。"

会议开到三更天才散。大家走了以后，冯子材忽

当年龙州的法国领事馆

然想起一个人——蒙大。

蒙大是个什么人物？

蒙大是当时地方上很有名气的一个谋士，对于用兵作战很有一套，人称"赛诸葛"，由于家里穷，被那些富贵的官老爷看不起，一直没有人起用他，他只好窝在家里种田。

冯子材一到镇南关就听说了这个人物，决心亲自去拜访他，请他出山帮助抗法。

吃过了"年饭"以后，冯子材对坐在身边的儿子说："现在外边爆竹声声，新年马上就要到了。我们父子俩出去逛逛，顺便拜访一个人。"

"您老人家已经几日没有好好休息一下了，现在天这么晚了，您还是休息吧！你要拜访什么人，我替您走一趟吧！"儿子看到年老的父亲整日忙于军务，很为他的身体担忧。

"不!"冯子材果断地说:"今天要拜访的这个人,是个人才,打法国鬼子用得着。当年刘备尚能三顾茅庐,造访诸葛亮。今天我们为了打败法国鬼子,走一趟又算得了什么?"

冯子材和他儿子带着几个亲兵,骑上战马,不一会儿便来到了蒙大住的蒙家村。

在一家普通的农家茅舍里,冯子材见到了蒙大。

蒙大40岁开外年纪,满脸络腮胡须,红脸膛,一双大眼睛闪着智慧的光芒,个子不高,衣着朴素整洁,给人超然入圣的感觉,令人一看便知绝非等闲之辈。

冯子材没经人介绍,便上前行礼说:"下官冯子材,新至边关,不熟地形,不懂兵法,特来拜见大英雄。"冯子材说话客气委婉。

　　陈勇烈祠位于龙州镇南门街，又名"追忠祠"，是为纪念在中法战争中牺牲的名将陈嘉而建的祭祀专祠。

　　陈嘉17岁时投军，英勇善战，战功显赫。镇南关大战中，他身先士卒，奋不顾身，在历次战斗中积累伤病无数，伤痛日重，苏元春强迫他回谅山治伤，可是一旦有敌情，他仍要士兵用竹轿抬到前线指挥。苏元春、李秉衡等要他回龙州医治，为防务事，陈不肯离营就医。后经苏元春屡次发函催促，才回龙州治疗。当时陈嘉遍体伤痕，如刀刻画，于各处伤口取出碎骨一碗有余，未拔出的铅弹尚有十多颗，加上在历次战斗中流血过多，已无力回天。重病期间，部下将士来探视，陈嘉仍念念不忘营中事。

　　因伤重不治，陈嘉1885年死于龙州。陈嘉生前获赏穿黄马褂，死后，清廷赐谥勇烈，国史馆立传，苏元春奉旨择址并亲自督工修建其祠。

镇南关上凯歌扬

——抗法老英雄冯子材

蒙大早就听说
边关新来了个英明
将军冯子材，治兵
打仗很有一套。没
想到这样一位大名
鼎鼎的人物初至镇
南关就登门拜访，
他很受感动，马上
还礼说道：

陈勇烈祠

"大将军亲自登
门拜访，实是小人
三生荣幸。"

"无事不登三宝殿！今有要事想求大英雄。"冯子
材开门见山，快人快语。

"这是说哪里话！有事你就直说吧！只要我能办
到，就一定尽自己的微薄之力。"蒙大看到冯子材是一
位慧眼识真人的好官，很乐意地说道。

冯子材便将他初至镇南关不熟地形、敌强我弱等
情况做了简要介绍，然后说道："下官素闻英雄足智多
谋，想请您不吝赐教，指点作战方法。如果不嫌弃下
官，最好能同我共赴战场，杀敌报国。"

蒙大在屋内转了一圈，思索了一会儿，说道："法

国鬼子的快枪、花炮能制远，抓肉摊（即肉搏）他们可就比不上我们的大刀了。只有利用我们的长处，才有胜利的可能，所以我们要引法国兵来，跟他们抓肉摊。"

正是英雄所见略同，冯子材听了更加佩服，又问："怎样才能引来法国兵，同法国兵进行肉搏呢？"

"这一点我已想过了"，蒙大继续说，"关山如大鱼张口，有进路，无出路。法军孤军深入，不熟地形，我们就占这个地利，想方设法把法军引进关山，和他展开肉搏。那时我们准能胜利。同时，我们应该动员老百姓，都去参战，大打一场，兵法云：'大打大胜，小打小胜。'我们定能大获全胜"。

冯子材和蒙大谈得十分相投，天快亮

慈禧像 中法战争之初，慈禧借战事不利，把责任推给以奕䜣为首的军机处大臣，将他们全部革职，史称"甲申易枢"，从此慈禧完全掌控了朝政。

　　在中国近代，遭遇到列强的疯狂侵略，由于历史的局限性，落后的中国政府、军队和人民几乎逢战必败，没有还手和招架之力。而老将冯子材指挥取得的镇南关大捷，是近代中国人民反对外国侵略所取得的为数不多的辉煌胜利。

了，冯子材才恋恋不舍离去。蒙大爽快地答应了冯子材第二天准时去镇南关帮助抗法。

　　冯子材回到镇南关以后，立即着手作战争准备。

　　为了展开肉搏战，冯子材命令士兵日夜赶造了几千把青锋刀。同时派人回钦州运来了一批大刀。恐怕不够用，又传令龙州道台再造五千把。

冯子材的军营里锻造钢刀声叮叮当当，练习肉搏的士兵手中大刀刀光闪闪，好一派生龙活虎景象。

为了引敌入关，冯子材开始认真选择决战的地理位置。他亲自和蒙大到周围勘查地形，有的地方荆棘丛生，不能骑马，他就下马步行，这位年近70岁的老人走遍了周围的每一个山头。

最后，镇南关大战的决战地点终于选好了，定在关前隘。关前隘地势险要，地形复杂，周围全是高山和盆地，是近距离作战的好场所。它距镇南关4公里，北离凭祥市15公里，接济指挥调动都十分方便。

隘口西面一座高山叫凤尾山，向南延伸数里逐渐降低，最低处接近平地，叫龙门关，是斜出越南的偏

今日友谊关

镇南关上凯歌扬

——抗法老英雄冯子材

拓展阅读
TUOZHAN
YUEDU

传说冯子材身材魁梧，力拔山河，被人称为"大力将军"和"大刀将军"。

这些外号据说是有来由的：有一年他转战云南大理，忽然见到远处的山间丛林里似乎有敌人埋伏，有一个敌人甚至露出半截身子，极为张狂。冯子材弯弓搭箭，"嗖"地一箭射中"敌将"。士兵们立即冲上前。仔细一看，原来那些"伏兵"都是石林。再看射出的那支箭，竟然入石三分！从那时起，"大力将军"便声名远播了。

而"大刀将军"之称，就因为他用大刀来对付法军侵略者的洋枪洋炮。他听从意见，专门成立了一支大刀队，用大刀和敌人短兵相接，避开了敌人善于远距离战斗的长处。战斗中，冯子材经常率领大刀队无比勇猛地杀入敌阵，直杀得敌人鬼哭狼嚎。

道。在这里驻兵，易守难攻。

东面一脉高山是大、小青山。大青山和小青山如一对孪生兄弟并肩而行，山脉蜿蜒伸向远处。大青山最高，峰顶常有云雾缭绕，使人难以探清虚实，正适合隐蔽和迷惑敌人。小青山有5个相连的山峰，互为犄角之势，可以联合作战。大青山和小青山之间是一条狭长的盆谷，谷底一条崎岖关道，路旁藤树丛生，八角树长满了整个山谷，是打埋伏的理想场所。

小青山和凤尾山从东西两侧各伸下一条横冈，横截山谷，互相衔接，形成一个山隘，地势略高，也就是上面说的隘口。

山水图 清·王时敏

隘口南面三四里有几座小石山，石山背后是伏波岭，好像一堵城墙横断着山谷。

这真是天赐的决战之地，只要诱敌深入，便可以瓮中捉鳖，使敌人插翅难逃。

为了稳操胜券，少牺牲士兵，冯子材又在隘口修筑了一条长墙，东面从青山山脚起，西面到凤尾山上，共有3里多长。这堵墙是用草皮泥堆砌成的，高7尺，厚1丈，相距不远开个缺口，装上闸门，这就叫做"拦冈闸"。

在墙外还挖了几千个梅花坑，盖上草皮泥和尘土、树枝等做掩护，坑内埋有石灰、荆棘等，敌人一旦踏上去，便落入坑中，爬不出来，这样就可活捉了。说白了，梅花坑，就是今天咱们说的陷阱。

万壑千崖图　清·王翚

地形选好了，冯子材下面开始布置作战任务，进行具体分工。

中路军任务重大，由冯子材亲自率领他的两个侄子和两个儿子再加上王孝祺的勤军共三十二个营组成，布防在拦冈闸、凤尾山、小青山一线，担当正面作战任务，同时负责接应东西两翼，调动全军。

左翼是王德榜的楚军十六营，守在油隘。右翼是潘鼎新的淮军十六营，守在立费隘。他们的任务主要是牵制敌人和从侧面打击敌人，敌人逃跑时阻截敌人，

苏元春戎装像

起配合作用。

　　苏元春的毅新军二十四营及其部下马盛治的熙字营守后路幕府，是待援部队和接济力量。

　　各路军领兵开始分头行动，冯子材已撒下天罗地网，待机歼灭入侵之敌。

　　机会终于来了——

镇南关上凯歌扬
——抗法老英雄冯子材

萃军成军后，李鸿章再三阻挠冯子材出关抗法，历数他有"四不能战"之虞："一是人老体衰，力不从心，不能战；二是腹无点墨，胸无韬略，不能战；三是兵械简陋，杀伤力弱，不能战；四是新募兵嫩，训练不就，不能战。"

冯子材戎马一生，他不卑不亢地向主战派两广总督张之洞及兵部尚书钦差大臣彭玉麟细数自己的四能战："人老节坚，久经沙场，能战；胸存正义，腹有良谋，能战；萃军众志成城，牛犊驱虎，能战；将士赤胆忠心，保土安民，能战。"

李鸿章像

纪律严明

冯子材统率的萃军，纪律严明。部队行军打仗，严禁扰民，违者都要以军法严处。萃军行军之前，往往先派炊事班到前方地点熬粥做饭，等大军来后及时地打尖充饥。在一般情况下，冯子材不准士兵沿途买卖，以防止发生纠纷。在晚上宿营的时候，萃军都是自己搭建帐篷，禁入民房，不得骚扰沿途百姓。

冯子材还发布严厉的"四斩令"："拦路抢劫者斩，强奸妇女者斩，偷牛偷猪者斩，拐卖人口者斩。"有这么个故事说，萃军路过一个集镇，冯子材发现当地一个粉丝店老板揪着一个萃军士兵，大声嚷嚷说当兵的吃了粉丝不给钱，引起众多的人围观。冯子材见状便上去询问，那士兵极力辩称自己没吃，冯子材便跟老板说，萃军军纪，士兵不能上街自行买吃的，这个士兵说没有吃你的粉丝，那就应该没吃。但粉丝店老板蛮横得很，非要一口咬定这个士兵强抢强拿，吃了东西不给钱，还大声讽刺萃军不过徒有虚名，周围的闲汉们听后乘机起哄，指责冯子材包庇部下。

那个士兵又急又气，拔出佩刀，大声说："不许你们诬蔑冯大人，我没有吃粉丝，我现在就剖开肚子给你们看！"说完，那个士兵真的剖腹自尽。后来一检查，果然没有粉丝。真相大白后，冯子材大怒，下令将这粉丝店的奸商斩首示众。由此，萃军之纪律严明广为流传。

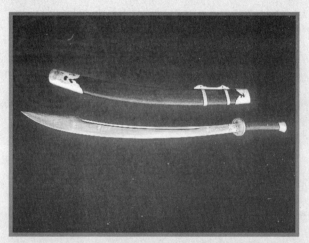

牛尾刀 清代晚期官衙的制式武器

初战告捷　人心大快

法国兵大多是天主教徒，星期天休息做礼拜，祷告上帝。冯子材认为这是天赐良机，不可失去。他下令全体官兵做好战斗准备，拂晓发动总攻击。

一天晚上，冯军就借着夜色的掩护，悄悄地摸到法国侵略者军营周围埋伏下来。

周围一片寂静，偶尔传来一两声猫头鹰的叫声，忙碌了一周的法国兵正在梦中逍遥。

拂晓之前，冯子材估计到敌人睡熟了，哨兵也开始放松警惕了，一声令下："冲啊！"冯军如恶虎扑食，横冲直撞，杀进法军营中。

有的法国兵还没有从梦中清醒过来，便成了刀下之鬼；有的光着身体，拼命想逃，被士兵击倒；有的哭

苏元春进口了130门19世纪最先进的大炮——德国克虏伯制造的120毫米口径的大开花巨炮,可以轰击从各个方向来犯的敌人。

爹喊娘,举手求饶……

这一仗打得天昏地暗,血肉横飞。冯军不仅杀死了许多敌人,而且缴获了许多大炮、长枪。冯军奇袭后迅速退回了镇南关。奇袭鼓舞了士兵的勇气。

且说法国人吃了冯子材军队的"闷头棍"以后,心中恼火,一直想存心报复,他们也想模仿冯军的战斗方法,来个偷袭。

这帮愚蠢的法国兵以为冯子材军队获胜后当天晚上会庆祝一番,大吃大喝,放松警惕。他们集合了残兵败将,傍晚时分开进了镇南关,来势汹汹。

这时冯子材、苏元春和王孝祺等五十多个营军队在这次战争中，凭祥百姓为军队逢衣做饭，冒着枪林弹雨为将士们送茶送饭，保证了将士们昼夜连续作战而不受饥渴威胁。清军在小青山上与法军激烈战斗，伤亡很大，在小青山山脚下的板埠村百姓，冒着炮火抬担架、爬上山抢救伤员。

为保证前线作战将士生活用品的供应，不少百姓还特意到南宁买来针线、酒肉等货物，挑到军队的驻扎地。有的百姓还专门杀猪、做豆腐供应军队。军队打到哪里，他们就跟到哪里，从关前隘一直跟到越南谅山。

战后的关前隘，尸横遍野，清军阵亡的不下千人，大多为附近村民自发前去掩埋。

已驻扎在镇南关各个关隘，设立了大本营。法军素闻冯子材防备精当，不敢正面进攻，于是从侧翼偷袭。

但冯子材的密探已探得这个消息。冯子材任命苏元春率领一支军队狙击敌人，同时派一支萃军直袭法军的据点——扣波。

从侧翼偷袭的法军，一进入伏击圈，便受到了打击，大刀长矛夹杂着枪炮，向法国鬼子劈头盖脸而来，打得法国鬼子晕头转向，不辨东西，等明白是中了埋伏，已损失过半。他们已无心恋战，落荒而逃。

当这支狼狈不堪的军队败退到扣波时，遭到袭击完

落木清泉图 清·王时敏

扣波的那支萃军的又一次迎头痛击。这群丧家犬处处挨打，只得放弃扣波，退回到文渊城，法军再次尝到了冯子材的厉害。

法军虽然连连挨打，但侵略者贪婪的本性没有改变，他们是不会善罢甘休的。文渊城派出一批大军，浩浩荡荡，耀武扬威，到镇南关前扎下了营盘，伺机反扑。

这可气坏了冯子材的军队。一天清晨，天刚蒙蒙

亮，法军正集队出操，哨子吹得震天响，气势不可一世。萃军的一个哨这时已摸到了法军营地的外围，他们是奉命去摸营的。这里顺便说一下，哨是萃军的编制单位，有一千多人。他们乘法军出操之际，向法军开了一通枪，敌人乱成了一锅粥，又大砍大杀一通，乘着混乱，悄悄撤去。来无踪，去无影，这可恨坏了法国兵。法国鬼子几十个人白白送了命。

这一天中午，法军倾巢出动，发动了镇南关大战前的第一次强烈攻势。

大约有三千名士兵，分成三路，向冯子材所在的中路冲杀过来。由于他们不明虚实，一部分人还没靠近拦冈闸时就掉进了梅花坑，眼睛被石灰迷住了，烧得通红；有的脚被棘针刺穿，痛得嗷嗷直叫。气势汹汹的劲头一下子去了大半。

当年的战场——关前隘

剩下的那部分人探头探脑，极为小心地向前移动，生怕也栽进了梅花坑，他们全都让梅花坑吓住了。

当离长墙不远时，冯子材一声令下："打开闸门，杀鬼子啊！"

"杀啊！"响声似雷，冯军像洪水一样冲出了闸门，青锋刀，银光闪闪。

法军哪见过这样不怕死的兵，"突突"放了几个冷枪，看没有吓住冯子材的军队，转身就跑。

冯子材命令他的军队不要追赶，赶快收拾一下梅花坑。

一部分士兵杀得正在起兴，见冯子材要求停止追击，心里十分不高兴，但看到冯子材沉着个脸，又不敢说什么。

冯子材也明白大家心里窝着火，但他有一种预感，一场暴风骤雨式的大决战马上要降临在镇南关，敌人的挑逗背后一定有一场阴谋，或许敌人的大批增援部队到来了，必须整理好战场，以逸待劳。

果不出所料，傍晚时分，站在大青山顶上的哨兵来报：

"报告冯将军，大青山南面村庄出现了无数白点，估计可能是法军增援部队到来了。"

"报告冯将军，凤尾山西南边的村庄也已出现法国鬼子，看来人数不少。"凤尾山士兵来报。

不一会儿，密探来报："大将军，法国兵已在附近各村安营扎寨，人数有五六千人，配有大批大炮，看来形势严峻。"

冯子材紧皱眉头，一边听着士兵的汇报，一边思考着对策。忽然，他一拍桌子，说道："来得正好，我正想找他们算账，定让他们有来无回！"

一场大决战马上就要开始。

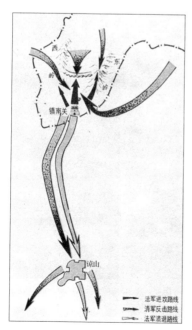

镇南关大捷示意图

057

镇南关上凯歌扬

——抗法老英雄冯子材

弄平炮台

在中国广西与越南交界的县份中，陆路边境线最长的，当数位于西南部的那坡县了。

在那坡县平孟镇弄平屯旁的一座海拔一千多米的山顶上，屹立着一座古炮台——弄平炮台。炮台基地占地150平方米，坐落于峭壁尖峰之巅，坐南朝北，四面绝壁，只有西面用人工开凿的羊肠小道可通到山顶。

中法战争后，中越边界的形势发生了根本变化，越南沦为法国的殖民地，已不是昔日的

藩属了。当时中国沦为半封建半殖民地社会已有40多年的历史，清王朝已走上苟且偷安没落衰溃的边缘。根据当时边境形势，张之洞、李秉衡、苏元春等分析："滇、桂、粤三省皆与越南接壤，滇以互市为重，粤以海防为重，桂以守边为重……"提出在沿边各重要关隘筑炮台营垒。"唯有严锁钥以扼要冲，庶可安常而应变。"也就是说，一旦法国殖民者背约弃盟挑起战争，这些边防炮台营垒就有应变的能力，可以抵御外来的侵略。这就是在千里边防构筑炮台的缘由。

拓展阅读
TUOZHAN YUEDU

岑毓英（1829—1889），广西西林人。字颜卿，号匡国。1856年云南回民起义时，率团练到迤西助攻起义军。1859年占领宜良得以署理知县，次年署澄江府知府。1862年迁云南布政使。1868年继续与杜文秀的起义军作战，授云南巡抚。1873年兼署云贵总督。1879年为贵州巡抚。1883年任云贵总督。次年参加中法战争。

在整个中法战争期间，无论东南沿海闽台战场，还是越南战场上的东线，清军都有不同程度的溃败。只有西线滇军在岑毓英的指挥下，无论进退，都保持战场上的主动。冯子材组织镇南关——谅山反击战，使人们信服地承认他是一个抗法的民族英雄。岑毓英两次出关，组织宣光攻城战，取得临洮胜利，这些事迹也可与东线的冯子材胜利相媲美。

　　镇南关南北各有一个炮台，南边的炮台地势低，从镇南关二楼再上137级台阶就可以看到了。

清末军歌

晚清建立新军，开办武备学堂，到日本等国考察、学习军事，也从海外学了军歌。如日本明治期间流行的《凯旋》带回中国后，填入适合的新词在军中教唱，歌名也因填词不同，分别取名《从军乐》《妇人从军》《枪队》。

其中《枪队》是："小小毛瑟枪，是我好朋友，奋勇擎起向前走。不惧刀与剑，不惧戈与戟，冲锋不落人后。唯我新中华，有些好兵队，不愧男儿好身手。敌忾赖同仇，威名震宇宙，与君同饮凯旋酒。"

当时张之洞在湖北也作军歌，发与全省各营诵唱："大清深仁厚泽十余朝，列圣相承无异舜与尧。刑法最轻钱粮又最少，汉唐元明谁比本朝高？爱民恤蒙温饱，养之千日用之在一朝。"

063

镇南关上凯歌扬

——抗法老英雄冯子材

中法战争结束后，冯子材奉旨督办广东钦廉（今属广西）防务。旋获太子少保衔，三等轻车都尉世职。

之后，冯子材奉命到海南岛镇压黎民起事，同时为当地经济、文化开发事业做了不少好事，被补授云南提督，旋赏兵部尚书衔，继续留办粤防。

甲午战争爆发后，冯子材请缨北上抗日，获准赴江南办防。途中闻《马关条约》签署，中国赔款失地，悲愤中电请北上决战，未果。1896年，中英片马争界交涉事起，冯子材奉命赴云南提督任，争回片马，稳定了云南局势。1901年，冯子材遭人暗算，被调离云南，改任贵州提督，他愤而告假，随之开缺。

1903年，钦廉一带会党蜂起，两广总督岑春煊又想到了冯子材。年已86岁的冯子材又起身田间，会办广西军务兼顾广东钦廉防务。夏间行军，途中中暑，牵引旧伤，在南宁行辕辞世。

著名诗人田汉1962年拜谒位于钦州的冯子材墓后挥毫写道：

泥桥岭畔古城东，

且驻征军吊萃翁。

松啸如闻嘶战马，

花香端合献英雄。

扶妖江左成遗憾，

抗法南关有大功。

近百年来多痛史，

论人不应失刘冯。

"萃翁"即指冯子材，"刘冯"指刘永福和冯子材两位钦州籍抗法名将。诗中既为冯子材"扶妖江左"（为清政府镇压太平天国农民起义）感到遗憾，又讴歌了冯子材在镇南关保家卫国创下的光辉业绩，并将他上升为近代中国人民反侵略的英雄，是恰如其分的。

战前布置

镇南关大战前，由于镇南关城墙和防御工事都已被法军破坏，冯子材经过实地勘察，决定以镇南关以北十里处的关前隘作为诱敌聚歼的主战场。关前隘是镇南关以北的一个通道地区，地势险要，中间只有一条宽约两里的关道，东西两面都是高山夹峙。

关前隘南面的谷地宽两里，谷地南端至镇南关都是起伏不平的山丘，人称横坡岭。冯子

材令所部士兵在东西岭之间构筑一道三里的长墙拦住关道。长墙用草皮棍堆砌而成，两米多高，三米多宽，每隔三十米左右开一个缺口，缺口上安有栅门。长墙外，冯子材则命士兵挖了几千个梅花坑，坑上盖着草皮捉，并在东西两岭半山腰挖了四尺宽的深堑，切断关道，以利坚守，从而构成一座坚固而完整的山地野战防御阵地体系。

在兵力部署上，冯子材将各军分为左中右三军，互为犄角，相互策应。冯子材和两个儿子亲率所部十八营萃军作为中军，扼守关前隘的长墙和两面高山险要，担任最艰苦的正面防御；王德榜所部的十营定边军，驻在镇南关东南十五里外的油隘，作为左路军，准备抄袭来犯敌人后路，切断敌人的补给线。魏纲所部的鄂军八营驻镇南关西面的平面关，控制由芄葑(七溪)至龙州的水道，为右路军。

王孝祺部的八营勤军列于萃军后半里处，作为正面防御的第二梯队；苏元春及陈嘉所部

的桂军十八营屯于关前隘后五里的幕府村，作为总预备队；蒋宇汉所部的十营广武军、方友升所部的四营抚标亲兵屯于凭祥，作为第三梯队，防止敌人暗袭；潘鼎新所率的淮军五营屯于海村，以镇后路。

另外，冯子材还在长墙主阵地后面半里、四里及纵深地区，都配置了多重预备梯队，进可攻，退可守，蒙家村由蒙大带领敢死队持大刀埋伏于坑内待命。加上驻龙州、新街等处的

镇南关大捷中缴
获的法军军服和护腿

部队，东线清军的总兵力约达八十多营，共五
万多人，前线部队兵力约两万人，在数量上占
据了绝对优势。

　　冯子材周密布防后，为了打乱法军的部署，
便决定出其不意，攻其不备，先发制人。在冯
子材的指挥下，萃军于3月21日夜主动出击，
突袭了盘踞在文渊的法军，以提高清军的作战
士气，并引诱法军来攻关前隘。

镇南关上凯歌扬

——抗法老英雄冯子材

镇南关大捷

这是 1885 年 3 月 23 日，农历正月初八，中法战争中最为激烈的镇南关大战开始了。

这一天天还没有亮，镇南关附近各村的狗吠成一片，偶尔夹杂着几声枪响。不一会儿，田野里出现了白色影子晃动，看来敌人开始行动了。

冯子材一夜没有合眼，在冷静地思考着战争对策。看到敌人出动了，他命令士兵作好准备，要诱敌深入，不要擅自出击。

黎明过后，一切都看得清清楚楚。法国军队如群蚁搬家，密密麻麻，带着枪，拖着炮，分三路向镇南关扑来。

清代镇南关

敌人左右两路沿着高山走，中路从关道向前挺进，指向隘口冯子材的长墙阵地。

这一天敌人的主要兵力集中在小青山，他们妄图夺取一个山头做根据地。敌人以新式的开花火炮为掩护，火力很猛。由于道路不平，他们用三匹马拉一门大炮。大炮一直向山上轰个不停。

当时萃军守在小青山最高的几个山头上，见到敌人纷纷往上爬，守军居高临下，十分沉着，看到哪个地方敌人多，就往哪个地方开炮。敌人没处躲，被打死了许多。

当然，敌人的炮弹也不断在萃军阵地上爆炸，但由于有战壕掩护，所以伤亡不是很大。

敌人每前进一步都要付出很大伤亡，到黄昏时，由于萃军接济不上，再加上敌人武器装备好，敌人夺

清代镇南关

去了三个山头。

这一天，冯子材虽然没有在小青山亲自参加作战，但却在另一个重要关口——隘口，指挥三军，密切地起着配合作用。

冯子材脚穿草鞋，头戴雨笠，双手按着一把宝剑，剑尖插在地上，不断地听着小青山方面的汇报，不断地作出新的计划，下达新的命令。

一群老百姓慌里慌张

从关外归来，冯子材碰上了，便安慰说："不要怕，在这里就安全了，小孩子也不要哭，快点长，长大了打鬼子！"顺便还逗逗孩子。

对于士兵作战，他是赏罚严明的。小青山上退下的贪生怕死之辈，一律砍头示众。而对于勇往直前的、不怕牺牲的，则加以表扬重奖。

这一天长墙保卫战虽然没有小青山紧张，但也十分激烈。法军一次次疯狂地进攻，都被冯子材的士兵给挡住了。长墙若失，全线即溃。冯子材激励他的士兵说："如果让法寇入关，我们有何面目去见两广父老。"

主帅的爱国热情，深深感染了广大士兵，他们奋不顾身，拼命抵抗，为第一天阻击敌人提供了可靠保障。

由于敌人众多，而萃军可调之兵甚少。冯子材不得不向就近的驻军求援。他给苏元春的部下陈嘉写了一个帖子请他来商量军事。当时陈嘉正在养伤，带领着几个营驻在凭祥。

陈嘉和部下商量，有人说："我们不是冯子材的部属，可以去也可以不去。"

陈嘉说："不去很不好，冯将军有调动全军之权，现在他不是下命令来调我，而是写帖子来请我。这是

镇南关上凯歌扬

——抗法老英雄冯子材

很给面子的，怎能
不去？"他连夜率
领三个营赶到了隘
口。

今日的小青山古寨

陈嘉赶到后，
冯子材对他说：
"现在法国人占了
东岭炮台，拦冈闸
受到炮火威胁，我
们一定要把它夺回
来。但眼前我手下
无兵可调，你有三营人，我再给你两营，你领队去攻
东岭炮台，好不好？"

陈嘉满口答应，领着军队连夜开上了大青山和小
青山。

这天深夜，冯子材主持召开了紧急会议。会上广
西提督苏元春等产生畏敌情绪，他很委婉地对冯子材
说："冯将军，现在我们枪弹不足，又无援兵可调，这
样坚持下去，对我军恐怕不利，还是退守到镇南关里
吧！"

冯子材听了没有言语。苏元春以为冯子材同意了
他的看法，又唆使冯子材的表弟董元高劝说，冯子材

拔出指挥刀，喝道："你难道不知道这是军法重地吗？"吓得董元高慌忙退出。

在会上，冯子材心情激动地讲道："各位将士，我们今天如不好好杀退敌人，能对得起我们的祖国吗？能对得起广西的父老乡亲吗？镇南关一失，战场将转入我们国家境内，多少老百姓要流离失所，多少人要逃荒要饭？身为朝廷命官，我想大家都懂得杀身报国的含义。"

看到大家沉默不语，好像有了悔过之意，冯子材话锋一转，说道："现在我最要紧的任务是夺回小青山失去的山头，守住长墙，以逸待劳，见机出击。"

会上重申了战斗任务，严令冯子材的两个儿子死守住拦冈闸，由萃军主力挡住敌人中路，各军分布左右两路和后路接应，并相互约定不准退走，派兵卡路，截杀逃兵，无论何人，凡碰上逃兵都可以就地斩除。

第一天的激战，双方都有一定的伤亡。在拦冈闸前面，在小青山上，到处都是死尸。冯子材挑选敢死队员，每人发一把大刀，用猪血涂身，连夜钻到死尸堆中去装死，准备第二天肉搏。

第二天黎明，法国兵发动了全面攻势。站在长墙上举目而视，满山遍野白茫茫一片，身着白色军装的法国兵像蚂蚁一样向前涌动。

镇南关上凯歌扬
——抗法老英雄冯子材

这些法国兵每走到死尸堆附近时，也有点儿害怕，警惕性很高。有些人用枪托敲一敲死者的脑袋，见不动弹才敢前进。偶尔敲到装死的萃军身上，萃军吓得大气也不敢出，任他们敲打。等到他们走过去以后，这批伪装死尸的敢死队员，突然间都跳了

今日的小青山古寨

076

起来，操起身上的钢刀从后面向法国兵杀了过来。

法国人哪见过这阵式，一个个刚才还是死挺挺的，一转眼怎么都活了过来？况且这些敢死队员浑身是血，手持大刀寒光闪闪，更令他们惊恐异常。他们吓得魂不附体，很多人成了敢死队的刀下之鬼。

这一天法国兵集中兵力进攻中路，妄图摧倒长墙，扫除障碍。冯子材和苏元春分别在长墙两边的山头上督战，敌人用望远镜看见上空帅旗招展，就集中大炮来攻打这两个山头。

一时间，花炮遍地爆炸，阵地上一片火海，硝烟弥漫，苏元春又怕又急，吓得脸色蜡黄。苏元春又派他的部将董云高——冯子材的表弟过来求情，请求退

清代红衣大炮

兵。

董云高吃过苦头，不敢贸然说出他的意图，便含蓄地对冯子材说："苏提督请问冯将军，这里很难守下去，能不能退到凭祥再战呢？"

冯子材正色道："这里筑有一条拦冈闸，有险可守，有障可据，退到凭祥靠什么来守呢？我们的大刀还没有派上用场，怎么就可撤退呢？这仗如果打败了，会震动两广，还有什么脸面去见父老乡亲？你转告苏提督，你们年轻，前途无量，要退就偷偷地走，不要动摇了军心，我老了不中用，死也要和士兵死在这条墙上。"

董云高一听哪里还敢说什么，又灰溜溜地回去老老实实地打仗去了。

蒙大在一边听了，很受感动，说："冯将军实在是一位难得的硬汉子，如果早日至关，哪会有今日的艰难。"

冯子材身为主帅，拖着年迈的身体，在拦冈闸上和士兵一块坚守阵地，实在累了就躺在为他设置的马扎（一种简易的躺椅）上，休息一会儿。他要亲观全局，根据敌情变化，及时下达应变的命令。

敌人集中火力轰击他所在的山头，炮弹不时在他身边爆炸，他临危不惧。他对部下说："军人怕炮弹，还像军人吗？"在他的影响下，部下很多解除了畏敌情绪。

有一次，一颗炮弹爆炸，将他从马扎上翻了下来。他的侄子冯兆金、冯绍珠见他年事已高，若有闪失，事关全局。他们便请求冯子材不要总是呆在炮弹出没的地方。

清代锦甲胄

"伯父，您老身为三军主帅，应以大局为重，顾及自己身体，三军不可一日无帅啊！"他们哥俩劝道："炮弹那东西又不长眼睛，若有个三长两短……"

没等他们说完，冯子材就火了："怕炮弹还打什么仗？我是宁死不退的，谁说退就是动摇

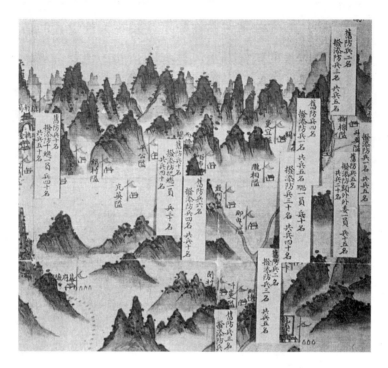

镇南关布防图

军心。"

　　正是冯子材这种不怕牺牲的精神，使他的士兵深受感动。面对法军的强大火力，没有一个人后退。

　　当敌人炮火特别密集时，冯子材就让大家躲在壕堑里，不要做无用的牺牲。有个姓黄的钦州人，受冯子材的感染，他不顾生死，爬到墙上去点大炮。"轰——"的一声，成群的敌人倒了下去。

　　这事情恰好让在指挥台上的冯子材看见了，大声叫道："打得好！打得太好了！"一面派人赏他五十两银子。

战后，法国兵仍心有余悸地回忆说，"在我们的脚下，敌人从地上的一切缝隙里钻出来，手持短刀，开始了可怕的混战。他们的人数比我们的多十倍、二十倍，所有的军官和士兵都被围住或被俘虏"，"中国军的号筒，愤怒地响起'前进！'的命令，从所有的堡垒，从所有的天边各处，烟云一般的敌人展开旗帜冲来，发出似乎把枪炮声都盖住的喊杀声"。(郑彭年：《甲申甲午风云》)

这真是法国兵的噩梦。经过这两天的激战，法军全线崩溃，狼狈逃出镇南关，退到文渊。镇南关一役，清军取得大胜，共击毙法军精锐上千人，缴获枪支弹药不计其数。法国人在战后也不得不承认，自他们入侵中国以来，"从未受此大创"。

冯子材的抗法斗争，也深深赢得了当地群众的支持。战斗正酣时，当地老百姓有的送饭送水上前线，有几个村的村民自动组织起来，拿起斧头砍刀，加入到萃军之中。

　　群众的参加极大地鼓舞了广大官兵的斗志，大家都横下一条心：人存墙存，墙失人亡。

　　到中午时，小青山已落入了法国军队手中。他们转而全力以赴攻打长墙。

　　法国兵在指挥官的令旗指挥下，列队前进。指挥官旗指向东，所有的枪都打向东，指向西，所有的枪都朝西打。排枪打来，枪弹十分密集。

　　敌人还采用轮流冲锋的战术。他们把士兵分成两组，第一组打枪前进，第二组跪倒装弹；然后第二组开枪前进，第一组又跪倒装弹……敌人循环往复，步

步逼进了长墙，长墙危在旦夕！

除了肉搏已别无选择，只有肉搏才是守住阵地的唯一办法。

敌人的大炮仍然在狂吼，敌人的长枪喷出密集的火苗……

"勇士们！乡亲们！成败在此一举，我们为国尽忠的时候到来了。我们要誓死与长墙共存亡，誓死与法国人血战到底！"冯子材爬上长墙，振臂高呼。

冯子材令蒙大做先锋，率领士兵先锋煲投向敌群。霎时间敌人队伍中烟雾四起，枪炮失去了目标。

"勇士们，跟我冲啊！"冯子材率先跳下长墙，迎着枪林弹雨直冲敌群。

　　万人坟位于友谊关山脚下，距友谊关约400多米，是中法战争时为抗击侵略军而牺牲的部分清军集葬墓。

　　镇南关大捷后，阵亡的清军将士就葬于右辅山山麓。至清光绪二十四年（1898）清明节，凭祥州官及商民等，又收集散葬在附近一带的阵亡者遗骨集葬于此，以梯级形式排放骨坛，坛内安放英烈骨骸，并立碑文为"大清国万人坟"，左右有民国年间的碑刻，记述集资扩修万人坟的事。坟旁遍植青松、木棉，给古战场遗址增添了庄严肃穆气氛。

"冲啊！杀啊！"冯子材的军队紧随其后，喊杀声震耳欲聋。

其他各路军见中路军出关，也纷纷行动起来。埋伏在山脚下、村舍里、山林里的士兵也闻声而起。霎那间，法国军队陷于重围之中，喊杀声四起。

冯子材进入法军之中，和两个儿子联合一起，三把钢刀像三个旋转的车轮，上下翻飞，只见刀光闪闪，刀落处，红光一片，人头落地。冯子材真是老当益壮，好像年轻了许多，闪跳腾挪，步法敏捷，真如天神降世一般。

再看萃军，没有一个人怕死。人人大刀阔斧，个个奋勇当先。青龙刀、钢刀、长矛、斧头、砍刀……

——镇南关上凯歌扬

抗法老英雄冯子材

兵器五花八门，但目标却同指一个方向，杀败法国鬼子，守住祖国大门。

法国人仗着武器精良，洋枪洋炮，也不甘示弱。但近身的肉搏，他们却没有多少便宜可占。

一时间，杀得天昏地暗，血肉横飞。一方越战越勇，杀得痛快淋漓；一方则步步败退，无力应战。

这场大肉搏战，从中午杀到傍晚，实是有史罕见。法国人更没见过这种阵式，枪炮在战场上竟然没有了用武之地，子弹还没装上，大刀就砍了下来，忙用枪往外架刀，却挡不住刀的锋利，不用几次，脑袋便被割了下来。实在是惊心动魄。

漫山遍野都是混战的人群，漫山遍野都是喊杀声。枪炮声渐渐听不到了，法国人已溃退，清兵乘胜追杀，挥舞着大刀，如同砍瓜切菜一般，血光四溅，尸体遍地。

几乎在镇南关大捷的同时，西线战场上也取得了重大胜利，当时法军将近六千人前来攻打临洮城，守城的黑旗军依托工事，布下地雷阵顽强抵抗，最后和来援的清军内外夹击，在临洮大败法军，杀敌上千，取得临洮大捷。紧接着，清军和黑旗军又乘胜收复了广威府、黄冈屯、老社等十几个州县。

至此，越南北部战场的敌我形势已经全然改观，胜利的天平开始倒向了清军一边。在这大好形势下，冯子材决定亲率东线全军进攻北宁、河内，将法国侵略军彻底赶出越南北部地区。但就在这时，清廷突然下诏停战撤兵，前线将士一片愕然，乘胜追击的作战计划也只能作罢。

镇南关决战冯军胜利已成定局，法国兵四散逃窜，被埋伏在外围的冯军截住，又是一阵砍杀。扭头一看，后面冯子材的主力部队追将过来了，真是前后受挤，走投无路，退到路边的泥田里，处在各路军围困之中，败得更惨。

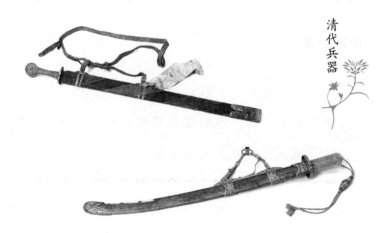

清代兵器

　　大战已接近尾声，只有小青山的敌人还负隅顽抗。陈嘉正率众抢攻，他非常勇敢，亲自带兵冲锋，身上弹痕累累，仍不后退。

　　小青山战斗十分艰苦，扛旗的先锋被打死了四五个。刚巧有个伙计送饭到前线，见旗手一个一个都牺牲了，就冲上前去，扛起大旗往山上冲。子弹在他身边呼啸，他毫不畏惧，身上中了几弹，仍咬着牙冲到了山顶。其他兵见旗手上去了，紧随其后，蜂拥而上。

　　小青山上的敌人见山下的鬼子已被打得落花流水，毫无斗志。看到陈嘉的队伍又上来了，哪还有心作战，仓皇逃走。陈嘉率兵乘胜追杀，这群法国兵只恨爹妈只生了两条腿。

　　小青山上退下来的敌人又迎头碰上了蒙大的军队。蒙大的兵当时埋伏在树林里，看见这群慌不择路的法国兵向他们靠近了，便点着麻油瓶扔了过去，顿时浓烟升腾，敌人已看不清方向。

蒙大率兵乘着敌人混乱，又冲上前去砍杀一通。

第二天的作战虽然萃军也有伤亡，但基本上消灭了法军主力，镇南关决战可以说大获全胜，下面将进行全面反攻。

3月25日，冯子材发出总攻击命令，各路军冲向镇南关外法军的营盘。法军惊恐万状，兵败如山倒，继续溃退。

这一天，当地老百姓也踊跃参加，可以说全民皆兵，法国兵如过街之鼠，处处挨打。

冯子材看到这一切，心里也十分高兴，说："无论士兵、百姓，杀一个法国兵奖银十两，捉住的将官越

清代兵器

广西壮族自治区重点文物保护单位

睦南关

广西壮族自治区人民政府
一九六三年二月二十六日公布
凭祥市人民政府立

镇南关1953年更名睦南关，1965年1月，国务院批准睦南关改名为友谊关。

大给银越多。"

冯子材对勇敢作战、努力杀敌的人大加赞赏，进行奖励。同时，对那些逃兵散勇、违反纪律者进行严肃处理。

由于赏罚严明，调动了广大群众的积极性。逃散的法国兵，可以说是无处可藏、无处可逃。有的躲在岩洞里，被附近的农民发现了，回家拿菜刀就把他解决了；有的为了逃避追杀，躺在泥田里装死，也被人扭断了脖子。

除一小部分逃进了文渊城外，其余的敌人无一幸免，全被萃军剿灭。镇南关大决战取得了辉煌的胜利。

年近70岁的冯子材将军，持刀沙场，带兵杀敌，立下了赫赫战功。

镇南关一役，击毙法国高级军官数十名，士兵上千人，缴获枪炮不计其数，是中法战争史上空前的胜利。

镇南关大捷，打击了外国侵略者的嚣张气焰，振奋了军心，稳定了民心。当地老百姓兴高采烈，杀猪宰羊，犒赏三军，欢庆胜利。

冯子材老将军心里当然也十分高兴，但想到逃到文渊城的敌人可能还会骚扰，就召集众将领开会说："今天我们打败了法国人，是件大好事。但一旦

开国元勋陈毅题写的关名

镇南关上凯歌扬
——抗法老英雄冯子材

我们撤兵以后，逃到文渊城的鬼子又回来了那该怎么办？"

冯子材像

众将领听了，如梦方醒。他们以为杀退敌人就万事大吉了，都佩服冯子材想得全面周到。

冯子材顿了一会儿，接着说："我们要斩草除根，免除后患，造福边关人民，乘胜追击。"

在冯子材的领导下，萃军直胜前进，日夜兼程，先后又取得了文渊城、谅山大捷。

冯子材领导的抗法斗争取得了最后胜利。

老将军冯子材抗法斗争的英雄事迹，必将千古传颂，其所领导的镇南关大捷，也成了人们茶前饭后的美谈。

老将军冯子材的英名将永垂不朽！抗法老英雄冯子材将永远值得我们学习！

"不胜而胜，不败而败"

镇南关大捷后，正当冯子材联合各路清军将领，准备分兵南下收复河内、太原的时候，1885年4月7日，清政府却突然下达了"乘胜即收"、停战撤兵的命令。命令来得太突然了，很多清军将士接令后，气得捶胸顿足，"拔剑刺地，恨恨连声"。许多士兵甚至跑到将帅帐外，

大捷之后签订条约 镇南关大捷后，1885年4月，清政府代表与法国代表在天津签订《会订越南条约》，又称《中法新约》。

镇南关上凯歌扬
——抗法老英雄冯子材

写血书，立军令状，"摩拳擦掌，同声请战"，"战如不胜，甘从军法"。冯子材、王德榜等清军将领在大胜之下，也不想轻易放弃扩大战果的机会，便联合起来致电上司两广总督张之洞，要求代奏清廷，诛杀议和之人，以振士气。

当时人写诗讽刺清廷说："十二金牌事，于今复见之。黄龙将痛饮，花目忽生期"，十二金牌就是当年南宋朝廷令岳飞从朱仙镇退兵的金牌诏故事。连清政府派赴广东会筹防务的彭玉麟也愤愤然的赋诗一首："电飞宰相和戎惯，雷厉班师撤战回。不使黄龙成痛饮，古今一辙使人哀"。但胳膊毕竟扭不过大腿，冯子材被迫遵旨撤军后，彭玉麟只能叹道，"老臣抗疏千行泪，一夜悲歌白发生！"

这是因为当时掌权的慈禧太后主张"乘胜即收"，命人和法方代表于1985年4月4日在巴黎签订了《中法停战协定》，6月9日又派李鸿章与法国正式签署了《中法合订越南条约》（史称

《中法新约》）。

《中法新约》使法国取得了对越南的"保护权"，中越边界地区向法国开放通商，并使法国夺取了在中国修筑铁路的特权。而中国所得到的，只不过是"必不致有碍中国威望体面"的虚文。这个条约的签订，标志着中法战争以"法国不胜而胜，中国不败而败"的局面告终。中国在军事胜利的情况下仍作出如此巨大妥协让步，甚至连法国当局都认为"简直不能想象"。

友谊关炮台

——镇南关上凯歌扬

抗法老英雄冯子材

冯将军歌

冯将军，英名天下闻。

将军少小能杀贼，一出旌旗云变色。

江南十载战功高，黄褂色映花翎飘。

中原荡清更无事，每日摩挲腰下刀。

何物岛夷横割地，更索黄金要岁币。

北门管钥赖将军，虎节重臣亲拜疏。

将军剑光方出匣，将军谤书忽盈篋。

将军卤莽不好谋，小敌虽勇大敌怯。

将军气涌高于山，看我长驱出玉关。

平生蓄养敢死士，不斩楼兰今不还！

中国军队镇南关关前隘大捷

手执蛇矛长丈八，谈笑欲吸匈奴血。

左右横排断后刀，有进无退退则杀。

奋挺大呼从如云，同拚一死随将军。

将军报国期死君，我辈忍孤将军恩！

将军威严若天神，将军有命敢不遵。

负将军者诛及身！

将军一叱人马惊，从而往者五千人。

五千人马排墙进，绵绵延延相击应。

轰雷巨炮欲发声，既戟交胸刀在颈。

敌军披靡鼓声死，万头窜窜纷如蚁。

镇南关上凯歌扬

——抗法老英雄冯子材

拓展阅读
TUOZHAN
YUEDU

十荡十决无当前,一日横驰三百里。

吁嗟乎!马江一败军心慑,龙州蕞地贼氛压。

闪闪龙旗天上翻,道咸以来无此捷。

得如将军十数人,制梃能挞虎狼秦,能兴灭国柔强邻,呜呼安得如将军!

这首诗由黄遵宪作于光绪十一年(1885)。诗人以散文笔法,全篇十六次迭用"将军"二字,塑造了冯子材这位身经百战、英勇无敌的老将形象,歌颂了他抗击法国侵略者的功绩。诗末表现了希望有将才继起、抗御外侮的爱国主义思想。

冯子材墓

冯子材像

　　近代中国十八先贤铜像是经过中山大学有关专家反复讨论而确定，铸成后伫立于永芳堂广场两侧，冯子材像便为其中之一。

中华魂·百部爱国故事丛书
提　要

《誓与禁烟相始终——民族英雄林则徐》

林则徐严禁鸦片，坚决抵抗西方列强的侵略，坚持维护国家主权和民族利益。他是中国近代历史上第一位睁眼看世界的人，是抗击帝国主义殖民侵略的第一人，是中华民族抵御外侮过程中伟大的民族英雄。

《血洒虎门御敌寇——抗英将军关天培》

民族英雄关天培，在第一次鸦片战争中为了抗击英国侵略者的入侵而血洒虎门，为国捐躯，谱写了一曲可歌可泣的英雄赞歌。关天培用他的生命，书写了中国人民反抗外侮的历史。

《威震镇海靖节魂——抗敌英雄裕谦》

在第一次鸦片战争期间的众多牺牲者中，有一位官阶最高，他就是两江总督裕谦。裕谦与外国侵略者斗争立场坚定，与国内妥协派、投降派斗争态度坚决。裕谦督战镇海，与英国侵略军浴血奋战，临危不惧，以身报国，浩气长存。

《斩邪留正解民悬——太平天国领袖洪秀全》

农民出身的洪秀全，从失意文人到起义领袖，经历了长期的思想演变过程，在外敌入侵、清朝政府腐朽的历史环境之下，顺应时代的潮流，成长为一位非凡的历史英雄人物，建立了与清朝政府相抗衡的农民政权——太平天国。

《仰承汉唐　荟萃中外——近代数学家李善兰》

李善兰是我国19世纪重要的科学家之一，在数学、天文学、力学等方面都有重大建树。他继承了我国古代数学的成就，又以极大的热情传播西方科学文化，"仰承汉唐，荟萃中外"，把自己的一生献给了科学事业。

《严谨治学　勇于探索——近代著名数学家华蘅芳》

华蘅芳，中国近代数学家之一。其精通中国古算学，并熟练掌握西方近代数学，是中国验证抛物线并著书立说的参与者。为了证明"外国有的，中国也能造"而鞠躬尽瘁，在引进西方科学技术、传播科学知识上贡献卓著。

《折冲樽俎护山河——近代著名外交家曾纪泽》

曾纪泽是中国近代史上著名的爱国外交家，在中俄伊犁交涉事件中，他秉承抵抗列强、保卫国家的坚定意志，利用外交手段全力同沙俄抗争，捍卫了国家主权、民族尊严，收回了祖国的领土，在近代中国外交史上留下了光辉的一页。

《甲午海战留英名——民族英雄邓世昌》

邓世昌，北洋水师名将。本书以邓世昌的成长过程为线索，以代表性的历史故事为主要内容，还原真实的历史事件，突出鲜明的人物性格。邓世昌因在中日甲午海战中突出的英雄气概而名垂史册，书写了伟大的爱国主义篇章。

《誓与舰队共存亡——北洋水师提督丁汝昌》

丁汝昌处在清朝政府的腐朽和李鸿章的专断下，难以施展爱国的抱负，壮志未酬，愤恨而终。但丁汝昌为建立近代海军作出的巨大贡献，带领北洋舰队爱国官兵勇抗强敌的英雄事迹，将永远为后代所传颂。

《镇南关上凯歌扬——抗法老英雄冯子材》

1885年中法战争中，年逾古稀的冯子材为抵御外国侵略，勇赴国难,大败法军于镇南关,并乘胜追击,接连收复文渊、谅山等地,从根本上扭转了中法战争的局面,成为近代民族英雄的杰出代表。

《屡败法军逞英豪——黑旗军将领刘永福》

刘永福是黑旗军的创建者,是农民出身的杰出军事家、政治活动家。在19世纪发生的援越抗法、中法战争中,他率部与帝国主义侵略者进行了殊死的战斗,建立了卓越的功勋,成为我国近代史上著名的民族英雄,为后世所景仰。

《矢志变法强国家——戊戌变法领袖康有为》

康有为是清末民初最有影响力的思想家之一。他领导了中国知识界的启蒙运动,掀起了一场自上而下的政体改革。他最早在中国提出了立宪政体和具体的宪政方案,主张在坚持儒家传统和帝制的前提下,学习西方经验,他的进步思想对近代中国具有深远的影响。

《开民智以报国 普新知而图强——戊戌变法思想家梁启超》

梁启超,中国近代史上著名的政治活动家、启蒙思想家、史学家、文学家,戊戌变法领袖之一。本书以百日维新思想家梁启超的成长过程为线索,以代表性的历史故事为主要内容,还原真实的历史事件,突出鲜明的人物性格。

《我自横刀向天笑——维新志士谭嗣同》

谭嗣同在民族危机的严重时刻,投身改革救中国的洪流。为了带给祖国一个光明的未来,紧要关头,他挺身而出,用自己的鲜血激励后人,把宝贵的生命献给了变法事业。

《睡乡敢遣警世钟——用生命警策国人的陈天华》

陈天华是民主革命的活动家和宣传家。他写的《猛回头》《警世钟》等书,起到了革命启蒙的重大作用。为了激发留日学生的爱国情怀,他不惜投海自杀,演出了近代史上感人至深的一幕,给后人留下了难忘的印象。

《革命军中马前卒——民主斗士邹容》

革命乃"至尊极高,独一无二,伟大绝伦之一目的";它是"天演之公例，世界之公理，顺乎天而应乎人"的伟大行动。因此，必须"仗义群兴革命军"。他激情高呼："革命独子万岁！中华共和国万岁！"这就是《革命军》的作者，中国近代著名资产阶级革命宣传家邹容。

《休言女子非英物——鉴湖女侠秋瑾》

为民族解放和妇女解放而英勇斗争的秋瑾，冲破封建礼教的思想牢笼，打碎封建精神枷锁，崇仰真理，追求光明，主张共和，坚持男女平等，最终献出了自己年轻的生命。

《血溅校场　杀身成仁——民主斗士徐锡麟》

本书讲述了反清志士徐锡麟弃文从武、投身反清革命事业，最终被清政府杀害的故事。出于对国家的热爱，徐锡麟献出自己的生命，他的事迹将永远激励后人深切缅怀这位民主革命的先驱。

《生可死耳　我志长存——献身民主的禹之谟》

禹之谟，民主革命党人，同盟会会员，近代资产阶级革命家、实业家。1886年，20岁的禹之谟"提三尺剑，挟一卷书"游历四方，研究西方社会政治学说，忧国忧民之心日趋强烈。戊戌变法失败，他丢掉改良幻想，倡革命救亡之说，走上民主革命道路。

《物竞天择　适者生存——资产阶级启蒙思想家严复》

严复是中国近代著名的启蒙思想家、翻译家和教育家。他长期从事教育和翻译事业，为近代中国人才培养和思想启蒙做出了重要贡献，同时他也为中国的翻译事业和中西思想文化交流做出了重要贡献。

《辛亥革命急先锋——资产阶级革命家黄兴》

黄兴，清末民初资产阶级革命家，中华民国开国元勋。黄兴在武昌首义及辛亥革命时期的爱国表现，与孙中山闻名于当时，常被时人以"孙黄"并称。本书以资产阶级革命活动实干家黄兴的成长过程为线索，歌颂了先辈伟大的爱国主义精神。

《矢志革命　百折不回——近代民主革命家廖仲恺》

廖仲恺追随孙中山踏上了创立民国与捍卫共和制的旧民主主义革命

镇南关上凯歌扬
——抗法老英雄冯子材

之路；在新民主主义革命时期，他为建立、巩固首次国共合作和实施三大政策，英勇奋斗，为国殉职，洒尽了一腔热血。

《将军拔剑南天起——护国英雄蔡锷》

蔡锷是中国近代史上的杰出军事家、爱国者。他的一生短暂而伟大。辛亥革命爆发，他毅然投身于革命洪流之中，领导云南重九起义，对武昌起义积极响应。袁世凯窃国复辟、恢复帝制的阴谋暴露出来以后，他又毅然举起了武装讨袁的旗帜。

《反帝反封建运动——五四青年的爱国故事》

五四运动是一次伟大的反帝反封建的爱国运动；是一个伟大的历史转折点；是中国人民的斗争从挫折走向胜利的一个关节点，它为中国的前进开辟了一条全新的道路，拉开了中国新民主主义革命的序幕。

《思想自由　兼容并包——著名教育家蔡元培》

蔡元培是中国近现代著名的民主革命家和教育家，一生经历风雨，却始终信守爱国和民主的政治理念，致力于废除封建主义的教育制度，奠定了我国新式教育制度的基础，为我国教育、文化、科学事业的发展做出了富有开创性的贡献。

《为国家争光　为民族争气——中国铁路之父詹天佑》

詹天佑是我国最早的杰出铁道工程师，因主持建造京张铁路而闻名中外，被誉为"中国铁路之父"。他为祖国的铁路事业贡献了毕生的精力。本书向读者展示了詹天佑热爱祖国、科技兴国的辉煌人生。

《实业救国　衣被天下——轻工之父张謇》

张謇是爱国实业家、教育家。他年轻时中过状元。过了40岁，开始投身工商实业活动中，他的名言是"富民强国之本在于工"。在南通，创办大生丝厂、银行等各种实业。并将创办实业的大部分所得投入教育。他的观点是，教育和实业一样，也是"富强之大本"。

《心向革命　追求光明——平民将军冯玉祥》

冯玉祥将军"是一位从旧军人转变而成的坚定的民主主义战士"。

抗日战争期间，他辗转各地，用实际行动积极抗战。日本战败投降后，他为了断绝美国的援蒋内战，又在美国四处演说，揭露蒋介石统治之黑暗，痛斥美国阴谋分裂中国的不良行为。

《刑场上的婚礼——革命烈士周文雍　陈铁军》

周文雍是广州起义的主要领导人之一。陈铁军出身于华侨商人家庭，却毅然投身革命洪流。1928年1月，两人接受派遣，回到广州假扮夫妻从事革命斗争，却不幸被捕。临刑前，两位烈士将敌人的枪声当作自己婚礼的礼炮，用生命和爱情谱写出一曲千古绝唱。

《星星之火　可以燎原——井冈山斗争的故事》

1927—1929年，毛泽东、朱德等老一辈革命家，在井冈山创建了农村革命根据地，进行了艰苦卓绝的斗争，建立了新型革命武装，点燃了工农武装革命之火，找到了农村包围城市最后夺取政权的中国革命的正确道路。

《新民学会的主要发起人——中国共产党早期革命家蔡和森》

蔡和森青年时期曾与毛泽东等人一起组织进步团体新民学会，参加五四运动，并在赴法国勤工俭学时研读大量马克思主义著作，回国后以满腔热忱投身革命事业，成为中国共产党早期重要的理论家和宣传家。

《威震黄浦江畔　高奏抗日壮歌———一·二八淞沪抗战》

面对日本侵略者的挑衅，十九路军在蒋光鼐、蔡廷锴的带领下，高举义旗，奋力一搏。一·二八淞沪抗战，是中国军人捍卫军人荣誉和祖国尊严所发出的吼声，谱写了一曲抗击日军侵略的英雄壮歌。

《将军恨不抗日死——慷慨就义的吉鸿昌》

在国难深重的20世纪30年代，吉鸿昌将军因拒绝执行国民党指示，坚决不打内战，被迫携眷出国"考察"。回国后，他加入中国共产党，组织了民众抗日同盟军，英勇打击日本侵略者，后于1934年11月被国民党反动派杀害。

镇南关上凯歌扬

——抗法老英雄冯子材

《献身革命　甘于清贫——梅岭忠魂方志敏》

大革命失败后，方志敏凭着"两条半步枪"起家，身经百战，创建了赣东北革命根据地和红十军。本书真实记录了方志敏投身于革命、领导红军和敌人进行艰苦卓绝斗争的经历，歌颂了烈士贫贱不移、威武不屈、献身革命的高尚品质。

《奏响中华最强音——人民音乐家聂耳》

聂耳在他有限的生命中创作了数十首革命歌曲，在抗日救亡运动中，聂耳的这些歌曲产生了广泛深远的影响。他的音乐创作为中国无产阶级革命音乐的发展指明了方向，树立了榜样。

《横眉冷对千夫指——中国文化革命主将鲁迅》

鲁迅不但是伟大的文学家，而且是伟大的思想家和伟大的革命家。在那风雨如晦的黑暗年代里，他以笔为投枪，同一切帝国主义和反动派进行了顽强的战斗，为中国人民树立了一个不朽的丰碑。他是新文化战线上的一面光辉旗帜，是我们伟大民族的灵魂。

《铁流两万五千里——红军长征的故事》

红军长征是人类历史上的一次伟大的壮举。第五次反"围剿"失败后，中国工农红军的三大主力在极端艰难的条件下，突破国民党军队的围追堵截，进行了史无前例的战略大转移，总行程达两万五千里以上。途中发生了许多动人故事，至今令人难以忘怀。

《荣辱不移革命志——创建陕北红军的刘志丹》

刘志丹是杰出的无产阶级革命家、军事家，西北红军和西北革命根据地的主要创始人之一。他一生热爱人民，追求真理，英勇善战，百折不挠，艰苦奋斗，忠心赤胆，为创建红军和革命根据地、为中国人民的解放事业建立了不可磨灭的功勋。

《英名永存北平城——爱国将领佟麟阁　赵登禹》

1937年7月28日，日军向北平郊区发动进攻。第二十九军副军长佟麟阁奉命在南苑率部与日军苦战，腿部受伤，头部被敌机炸伤，壮烈殉国。第一三二师师长赵登禹指挥部队顽强抵抗日军，右臂中弹负伤，仍继续作战。后在转移途中遭日军截击而牺牲。

《八百壮士　四行仓库铸军魂——谢晋元和他的战友们》

八一三抗战，中国军人以血肉之躯揭开全面抗战的帷幕。这是一场血战，是中国军人不屈不挠的英雄诗篇，其中的八百壮士守四行，成为这首英雄颂歌中最动人、最凄美的音符。一曲四行保卫战，铸就了不屈的军魂。

《八女投江　气贯长虹——八位抗联女战士》

抗日战争时期，以冷云为首的东北抗日联军8名女战士，为捍卫民族尊严，面对凶残的日寇，镇定自若，宁死不屈，投江殉国，表现了中华民族同敌人血战到底的英雄气概。她们的光辉形象，激励着千千万万的后来人。

《艰苦抗战　威震敌胆——著名抗日英雄杨靖宇》

杨靖宇将军是我国著名的抗日民族英雄。曾先后担任磐石游击队政治委员、东北抗日联军第一军军长兼政委、抗日联军总司令等职。领导军民对日寇坚持了长达9个年头的艰苦卓绝的斗争，最终以身殉国。

《死也不当亡国奴——镜泊抗日英雄陈翰章》

陈翰章，从1932年8月投笔从戎，直到1940年12月8日为抗击日本侵略者，战死在镜泊湖畔。他在抗日疆场上奋战了九年，他那可歌可泣的英雄事迹将为人们永世传颂。

《名将殉国　气壮山河——抗日将军张自忠》

著名抗日将领、民族英雄张自忠，生于忧患的时代，抱有"宁为百夫长，胜作一书生"的志向，经历过失败与低谷，最终成就了慷慨人生。本书主要以人物活动为主，勾画出一个真正的"民族魂"鲜活的人生，会带给读者振奋的力量。

《宁死不辱战士名——狼牙山五壮士》

1941年日寇在河北易县"扫荡"。为掩护群众和主力部队撤退，五

镇南关上凯歌扬
——抗法老英雄冯子材

位八路军战士毅然把敌人引上了狼牙山棋盘坨峰顶绝路。弹尽粮绝、无路可退，五位英雄纵身跳下了万丈悬崖，用生命和鲜血谱写出一曲惊天地泣鬼神的壮举。

《太行浩气传千古——抗日名将左权》

左权，中国工农红军和八路军高级指挥员，著名军事家。是八路军在抗日战场上牺牲的最高指挥员。名将阵亡，太行山为之垂首，全党为之悲痛。周恩来称他"足以为党之模范"，朱德赞誉他是"中国军事界不可多得的人才"。

《虎将兴关外　抗倭统雄师——抗联英雄赵尚志》

本书描写了久经考验的共产党员、东北抗联的创建者和主要领导人赵尚志，在艰苦卓绝的条件下，坚持抗战，威震敌胆，战功卓著，忍辱负重，忠贞不屈，为国捐躯的英雄故事，为青少年读者呈上一部爱国主义的佳作。

《黄埔之英　民族之雄——抗日名将戴安澜》

抗日名将戴安澜，先后参加保定、漕河、台儿庄、武汉、昆仑关等战役，作战英勇，屡建奇功；入缅作战，"扬威国外，藉伸正义"；守东瓜，复棠吉；殒身缅北，遗恨丛林，马革裹尸，成就了光辉的一生。

《爱国志士　民主先锋——新闻出版家邹韬奋》

本书讲述了邹韬奋献身新闻出版事业的奋斗历程，展现了一位新闻工作者坚定的革命信念和炽热的爱国主义精神，全心全意为人民服务、为读者服务的奉献精神，歌颂了他的高尚情操和优良品质。

《为抗战发出怒吼——人民音乐家冼星海》

人民音乐家冼星海，青年时期在巴黎求学，饱尝屈辱与磨难；学成后毅然回到多灾多难的祖国，用满腔热忱谱写激昂的音乐，鼓舞中华儿女的斗志；奔赴延安，谱写出不朽的名作《黄河大合唱》，发出中华民族抗日救亡的怒吼。

《全民皆兵　抗击日寇——抗日战争的故事》

　　中国人民进行的十四年抗战，是一百多年来中国人民反对外敌入侵第一次取得完全胜利的民族解放战争。这场战争是以国共两党合作为基础，有社会各界、各族人民、各民主党派、抗日团体、社会各阶层爱国人士和海外侨胞广泛参加的全民族抗战。

《捧着一颗心来　不带半根草去——人民教育家陶行知》

　　陶行知是我国现代教育史上伟大的人民教育家、教育思想家。他从青年起就立志献身教育事业，以"捧着一颗心来，不带半根草去"的赤子之心，为人民的教育事业鞠躬尽瘁。

《为民主与和平拍案而起——民主斗士闻一多》

　　闻一多早年与梁实秋等人发起成立清华文学社。赴美留学期间由对祖国的深深眷恋而创作著名的《七子之歌》。后在西南联大任教8年，积极投身于抗日运动和争取民主的斗争，发表了著名的《最后一次讲演》。

《铁窗难锁钢铁心——革命先烈王若飞》

　　王若飞是我党早期杰出的无产阶级革命家。在艰苦卓绝的斗争中，他出生入死，屡建奇功，以超人的睿智和胆略，在敌人的监狱中，同敌人展开了殊死的较量，为抗战的胜利和新中国的诞生做出了卓越的贡献。

《横扫千军　还我河山——抗联名将李兆麟》

　　李兆麟是东北抗日联军创建人之一，他率领抗日联军历尽千难万险与日本侵略者浴血奋战，在极其艰苦的条件下，保存了抗日联军的有生力量，为东北光复做出了重大贡献。

《锄头开出新天地——解放区大生产运动》

　　为了解决困难，渡过难关，党中央号召党政军民齐动手，开展大生产运动。中国共产党在其控制区域内发动的一场军队屯田和鼓励生产的群众运动，达到了自己动手丰衣足食，共度难关，既进行革命又进行生产自足的目的。

《生的伟大　死的光荣——女英雄刘胡兰》

刘胡兰，坚贞不屈的少年女英雄。生前对我国劳动人民的解放事业无限忠诚，在敌人威胁面前，大义凛然，毫无惧色，英勇牺牲，表现了共产党员的高贵品质。

《饿死不领美国救济粮——爱国知识分子的楷模朱自清》

朱自清作为爱国知识分子的典型，以锐利的笔锋直言痛斥反动政府的暴行，体现了他崇高的爱国情怀和不畏恶势力的精神品格。毛泽东曾给朱自清先生以高度评价："一身重病，宁可饿死，不领美国的'救济粮'"，"表现了我们民族的英雄气概"。

《为了新中国前进——舍身炸碉堡的董存瑞》

伟大的英雄，中国人民的儿子董存瑞，从儿童团长成长为一名光荣的解放军战士，在1948年解放隆化县城时，舍身炸碉堡，为新中国献出了自己年轻的生命。他的英雄形象永远留在人民心里。

《宁死不屈的共产党员——革命烈士江竹筠》

江竹筠，就是著名的江姐。1947年春，她负责《挺进报》工作，只几个月的时间，报纸就发行到1600多份，引起了敌人的极大恐慌。由于叛徒出卖，江姐不幸被捕，惨遭毒刑的残酷折磨，仍坚贞不屈。最后被特务秘密枪杀，年仅29岁。

《抗美援朝　保家卫国——志愿军的战斗故事》

抗美援朝战争是中国人民志愿军为援助朝鲜人民、保卫祖国安全，与美国为首的"联合国军"发生的战争。在朝鲜牺牲的志愿军烈士们，他们英勇的战斗事迹、保家卫国的精神值得我们发扬光大。

《上甘岭上壮烈歌——黄继光和他的战友们》

在1952年10月的上甘岭战役中，黄继光和他的战友们在零号阵地半山腰被敌机枪火力点压制，此时，黄继光身上已经多处负伤，手雷也已全部用光。为了完成任务，减少战友的伤亡，他用自己的胸膛堵住正在扫射的敌机枪射孔，为反击部队扫清了前进的道路。

《诗书印画　全入神品——国画大师齐白石》

　　齐白石出身贫寒，做过农活，当过木匠，后改学雕花木工，从民间画工入手，摹古人真迹，学诗文书法，融汇古今，而诗、书、印、画俱佳；他将中国画的精神与时代的精神统一得完美无瑕，使中国画得到国际的重视，无愧于"国画大师"的称号。

《毕生为文化而奋斗——中国第一出版家张元济》

　　张元济参与、主持和督导商务印书馆近六十年，使其从简单的印刷企业转变为当时中国教育出版的旗帜。张元济一生爱书，在中华大地动荡不安的年代里，他用自己对文化的热爱，续存着中华民族灿烂悠久的文明之光。

《独树一帜　梨园大师——著名京剧表演艺术家梅兰芳》

　　梅兰芳，京剧大师，演唱风格独树一帜，世称"梅派"。曾先后赴日本、美国、苏联演出，并荣获美国波摩那学院和南加州大学的荣誉文学博士学位。作为一位爱国者，抗战期间蓄须明志，拒绝为日本人演出，为后世称颂。

《华侨旗帜　民族光辉——爱国侨领陈嘉庚》

　　陈嘉庚是著名的爱国华侨领袖、企业家、教育家、慈善家、社会活动家。他为辛亥革命、民族教育、抗日战争、解放战争、新中国的建设做出了卓越的贡献。生前被毛泽东誉为"华侨旗帜、民族光辉"。

《向雷锋同志学习——伟大的共产主义战士雷锋》

　　雷锋，一个平凡而伟大的共产主义战士，一心向着党，一生秉承着全心全意为人民服务、无私奉献的崇高思想；发扬刻苦学习和钻研理论的"钉子"精神；坚持勤俭节约、艰苦奋斗的优良作风。毛泽东为其题词："向雷锋同志学习。"

《人民的好公仆——县委书记的好榜样焦裕禄》

　　焦裕禄，被誉为县委书记的好榜样。他用自己的革命精神，展开了与大自然、与社会落后现象、与病魔的多重抗争，让我们领略到一个共产党人的生之伟大、死之壮美的人格品质和具有现实教育意义的精神魅力。

《文学巨匠　京味大师——人民作家老舍》

老舍是我国现代小说家、文学家、戏剧家。他用融入骨髓的真诚文字反映生活的喜怒哀乐。老舍的一生，总是在忘我地工作，他是文艺界当之无愧的"劳动模范"，生前被北京市人民政府授予"人民艺术家"的称号。

《革命老人——无产阶级教育家徐特立》

徐特立是一代伟人毛泽东的老师。他出生在贫苦家庭，大部分时间生活在动荡艰苦的年代；他刻苦勤奋，不畏艰辛，追求光明，一生勤俭，为革命培养了大量的人才；他对党和人民任劳任怨，鞠躬尽瘁。他坎坷奋斗的一生，留下了许多可歌可泣的故事。

《人生能有几回搏——新中国第一个世界冠军容国团》

容国团先后担任中国乒乓球队运动员、女队主教练。获得1959年男子单打世界冠军；1961年夺得男子团体世界冠军；作为中国女队主教练，1965年率女队第一次夺得女子团体世界冠军。他的"人生能有几回搏"的豪言，举国传诵。

《石油工人一声吼　地球也要抖三抖——铁人王进喜》

王进喜，新中国第一批石油钻探工人。他为祖国石油工业的发展和社会主义建设立下了不朽的功勋，在创造了巨大物质财富的同时，还给我们留下了宝贵的精神财富——铁人精神。他被评为"百年中国十大人物"，写入中华民族的光辉史册。

《做人民需要我做的事——著名地质学家李四光》

李四光是一位伟大的科学家，他一生从事地质学研究工作，足迹遍布祖国的山川，为祖国探明了许多地下宝藏；他创建了崭新的学说——地质力学；他历尽重重困难，为正确认识地质构造开辟了一条新路。

《中国化学工业的先驱——著名化学家侯德榜》

为摆脱纯碱需要进口的窘况，20世纪初，怀着"实业救国"梦想的中国化工先驱侯德榜等人创办了永利碱厂，并立志生产出中国人自己的碱。1926年，永利碱厂终于成功地生产出"红三角"牌纯碱，从此中国制碱业得以跨入世界先进行列。

《毕生求是　一丝不苟——著名科学家竺可桢》

著名科学家竺可桢献身科学研究；治学严谨，一丝不苟；一生廉洁，两袖清风；作风民主，爱护学生。他以爱国之心、报国之志，从一个民主主义者逐渐成长为一个共产主义战士。

《热爱自然的大地之子——著名植物学家蔡希陶》

蔡希陶，五十载风雨，五十载坎坷，五十载奋斗，五十载开拓，为了发现对人类生产、生活有用的植物及新物种的引进而做出巨大贡献，在中国的植物资源学史上将永远镌刻着他的名字。

《高洁无私的襟怀——知识分子的楷模蒋筑英》

蒋筑英是中国当代知识分子的先锋典范，他不为名，不为利，尊重科学；他以坚忍的毅力和顽强的作风，在科学的道路上呕心沥血，鞠躬尽瘁，无私地奉献了青春和生命。

《迎接新生命的天使——卓越的妇产科专家林巧稚》

林巧稚是国内外享有盛誉的妇产科专家。在五十多年的医学教育和临床实践中，林巧稚亲自接生了五万多婴儿，治愈了数千病人，培养了数以百计的专门人才，为我国的妇女儿童事业做出了不可磨灭的贡献。

《独自成千古　悠然寄一丘——国画大师张大千》

张大千是20世纪中国画坛最具传奇色彩的国画大师，无论是绘画、书法、篆刻、诗词无所不通。在艺术界深得敬仰和追捧，艺术家们用真挚的感情，用绘画和雕塑展现了"张大千"多彩的艺术形象。

《建造中国的通天塔——著名数学家华罗庚》

中国当代著名数学家华罗庚，为中国数学的发展做出了无与伦比的贡献，他是中国解析数论、典型群、矩阵几何等多方面研究的创始人与开拓者，也是我国最早将数学理论研究与生产实践紧密结合的科学家。

《问鼎长天　强我国威——两弹元勋邓稼先》

邓稼先是我国著名科学家，参加组织和领导我国核武器的研究、设计工作，从对原子弹、氢弹原理的突破和试验成功及其武器化，到新的核武器的重大原理突破和研制试验，作出了重大贡献。是我国核武器理论研究工作的奠基者之一，被誉为"两弹元勋"。

《敢叫天堑变通途——桥梁专家茅以升》

中国著名的桥梁专家茅以升从小立志为祖国建造桥梁，经过不懈努力，他不仅设计建造了一座座宏伟壮观、坚固实用的道路桥梁，而且搭建了一座座友谊之桥，为祖国建设作出了卓越贡献。

《蘑菇云之梦——核物理学家钱三强》

被誉为"中国原子弹之父"的核物理学家钱三强，更名后立志于科技报国；24岁投师于世界著名核物理学家居里夫妇；与夫人何泽慧合作，发现铀的"三分裂""四分裂"现象；统领我国的原子大军，做了大量创造性工作。

《两离桑梓地　满怀雪域情——领导干部的楷模孔繁森》

孔繁森，是一位一尘不染、两袖清风的好干部。两次进藏工作，历时十载，为西藏的建设、发展和稳定作出了突出的贡献。1994年11月，孔繁森不幸以身殉职。人民群众称他为新时期领导干部的楷模。

《摘取数学皇冠上的明珠——著名数学家陈景润》

陈景润是享誉世界的数学家，为了证明"哥德巴赫猜想"，他以惊人的毅力在数学领域里艰苦跋涉，终于攻克了世界著名数学难题"哥德巴赫猜想"中的"1+2"，创造了中国乃至世界数学史上的辉煌。

《学术独步　饮誉四海——享有国际威望的科学家卢嘉锡》

卢嘉锡是一位在国际科学界享有崇高威望的物理化学家、化学教育家和科技组织领导者。1945年，卢嘉锡满怀"科学救国"的热忱回到祖国，对中国原子簇化学的发展起了重要推动作用，他所指导的新技术晶体材料科学研究，也取得了重大成绩。

《德艺双馨　梨园楷模——著名豫剧表演艺术家常香玉》

常香玉1941年赴陕甘演出。1948年在西安创办香玉剧社。1951年为支援抗美援朝，率剧社巡回西北、中南、华南各地演出，以演出收入捐献"香玉剧社号"战斗机一架，素有"爱国艺人"之誉。

《文学大师　激流勇进——著名作家巴金》

本书以巴金生平和主要事迹为线索，回顾和展示现代著名作家巴金的一生，以期让人们看到巴金在这风云变幻的100多年中，有过成功的欢欣，有过屈辱的磨难，有过痛苦的忏悔，有过平静的安宁。巴金的人生，映照着一代中国五四知识分子坎坷而不平凡的命运。

《壮心系科学　孜孜为国昌——理论化学家唐敖庆》

本书讲述了唐敖庆从出国求学、学业有成、回国任教，到服从安排、艰苦工作、刻苦钻研，最终成为中国量子化学奠基者的过程。让人们看到了这位著名化学家的赤心爱国、严谨治学、大公无私的崇高品格和科研上的卓越成就。

《中国导弹之父——著名科学家钱学森》

当第一颗原子弹升空的时候，当中国的人造卫星奏响《东方红》的时候，当中国运载火箭腾空而起的时候，当中国研制的导弹准确命中目标的时候，人们都会想起他的名字：中国导弹之父钱学森。

《中国近代力学的奠基人——著名科学家钱伟长》

钱伟长曾以中文和历史两个100分的成绩考入清华大学。九一八事变后，钱伟长毅然放弃了文科的学习而转为理科。他是中国近代力学、应用数学的奠基人之一，在固体力学、流体力学以及航空航天领域，取

得了卓越的成就，为新中国的现代化建设付出了毕生的精力。

《中国光学科学的奠基人——著名科学家王大珩》

王大珩是我国著名的科学家，中国光学科学的奠基人。他先在清华就读，后赴英国求学，学业有成，立志科学救国，其成就享誉神州。他以科学的求是精神和赤诚的爱国情怀，探索着中国光学发展的闪光之路。